我喜欢简单的生活

林清玄 等著

江苏凤凰文艺出版社
JIANGSU PHOENIX LITERATURE AND ART PUBLISHING

只 为 优 质 阅 读

所谓简单的生活，

就是不论粗茶淡饭，抑或美酒珍馐，

既能品味香浓，又能甘于平淡的滋味。

所谓简单的生活，

就是不论一花一叶，抑或猫猫狗狗，

既能安心独处，又能逗趣玩乐的从容。

所谓简单的生活，

就是不论亭台楼阁，抑或方寸之间，

既能安身于大，又能立意于小的舒畅。

所谓简单的生活，

就是不论明如星月，抑或暗如黑夜，

既能抽丝剥茧，又能追本溯源的细致。

所谓简单的生活，

就是不论走在路上，抑或待在一处，

既能欣赏风景，又能细品时光的闲暇。

所谓简单的生活，

就是不论音乐绘画，抑或戏曲杂技，

既能赏得了雅，又能玩得了俗的韵味。

所谓简单的生活，

就是不论情窦初开，抑或相守白头，

既能经受分离，又能享受亲密的坚定。

所谓简单的生活，

就是不论存于现实，抑或隐于虚幻，

既能晓畅于心，又能付之于行的明了。

代序

过有品质的生活　　/ 林清玄

有好多人喜欢讲生活品质，他们认为花的钱多、花得起钱就是生活品质了。

于是，有愈来愈多的人，在吃饭时一掷万金，在置衣时一掷万金，拼命地挥霍金钱，当我们问他为什么要如此，他的答案是理直气壮的——“为了追求生活品质！为了讲究生活品质！”

生活？品质？这两样东西到底意味着什么呢？

如果说有钱能满足许多的物质条件就叫生活品质，是不是所有的富人都有生活品质，而穷人就没有生活品质呢？

如果说受教育就会有生活品质，是不是所有的大学生都有生活品质，没受教育的人就没有生活品质呢？

如果说都市才有生活品质，是不是乡下人就没有生活品质呢？是不是所有的都市人都有生活品质呢？

答案都是否定的，可见生活品质乃不是某一阶层、某一地区，或甚至某一时代的专利。古人也可以有生活品质，穷人、乡下人、工匠、农夫都可以有生活品质。因为，生活品质是一种求好的精神，是在一人有限的条件下寻求该条件最好的风格与方式，这才是生活品质。

工匠把一张桌子椅子做到最完美而无懈可击的地步，是生活品质。

农夫把稻田中的稻子种成最好的收成，是生活品质。

穷人买一个馒头果腹，知道同样的五块钱在何处可以买到最好品质的馒头，是生活品质。

家庭主妇买一块豆腐，花最便宜的钱买到最好吃的豆腐，是生活品质。

整个社会都能摒弃那不良的东西，寻求最好的可能，这个社会就会有生活品质了。因此，我们对生活品质最大的忧虑，乃不是小部分人的品位不良，而是大部分人失去求好的精神了。

在一个失去求好精神的社会里，往往使人误以为摆阔、奢靡、浪费就是生活品质，逐渐失去了生活品质的实相。进而使人失去对生活品质的判断力，只好追逐名牌，用有名的香水、服装、皮鞋，以至名建筑师盖的房子，来肯定自我的生活品质，这是为什么现代社会名牌泛滥的原因。

有钱人从头到脚，从房子到汽车，从音响到电视用的都是名牌，那些名牌多得让人忘记了自己名字。

一般人欣羡之余，心生卑屈，以为那是生活品质，于是想尽方法不择手段去追求“生活品质”，甚至弄到心力交瘁、含恨而死。君不见被警察抓到的大流氓乃至小妓女，戴劳力士，开进口车，全身都是名牌吗？

真正的生活品质，是回到自我，清楚衡量自己的能力与条件，在这有限的条件下追求最好的事物与生活。再进一步，生活品质是因长久培养了求好的精神，因而有自信、有丰富的心胸世界；在外，有敏感直觉找到生活中最好的东西；在内，则能居陋而依然能创造愉悦多元的心灵空间。

生活品质就是如此简单；它不是从与别人比较中来的，而是自己人格与风格求好精神的表现。

目录

辑一 馋非罪，是在舌尖上咀嚼生活的滋味

卷袖下厨，切葱姜，调作料，
有人在旁，絮絮叨叨，
杯碟盘碗间从容不迫，若无其事，
方觉人生有味。

辑二

那只鸟，那朵花，无言处皆是歌声

小猫压在腿上睡觉，时间长了，
又酸又痛，却只能强忍着，
生怕惊动了它的轻梦，
丢掉了梦中得之不易的老鼠。

辑三

将时光雕刻在木石之上

粉墙斑驳，日光月晕，竹影迷离，
清辉反射在书桌上，
时光映在我们的心里。

辑四
那些灯影斑驳的往事

人老了，就不再往前走了，
而是往后退，蹒跚地走回年轻时代，
想把那些值得一提的事、没来得及
做和想的事情重新想一次。

辑五

人的一生
总是在途中

偶然所瞥见的田舍风光会深印在
心坎里，而花了钱，
费了时间去赏玩的名胜，
却只是如烟如雾地浮动在记忆的海里。

辑六

艺术是一种治单相思和自大狂的良药

画中田野，山清水秀，绿笑红颦，
才是大地的姿态；
诗中贫女，如冰如霜，超于尘外，
才是人类本来面目。

辑七

我的爱人啊，你难道被街上的大灰狼衔走了吗？

你不懂写信的艺术，

像“请你莫怪我，我不肯嫁你”这种句子，怎么可以放在信的开头地方呢？

辑八

理想的生活，从从容容，简简单单

走过一道道的路，蹚过一条条的河，
不再贪恋风景，不再希求奇遇，
平静、细心，未尝不是一种生活。

辑一

馋非罪，
是在舌尖上咀嚼生活的滋味

卷袖下厨，切葱姜，调作料，

有人在旁，絮絮叨叨，

杯碟盘碗间从容不迫，若无其事，方觉人生有味。

茶事

◎ 贾平凹

以茶闹出过许多事来：

我的家乡不产茶，人渴了就都喝生水。生水是用泉盛着的，冬天里泉口白腾腾冒热气，夏季里水却凉得碜牙。大人们在麦场上忙活，派我反反复复地用瓦罐去泉里提水。喝毕了，用袄袖子擦着嘴，一起说："咱这儿水咋这么甜呢！"村口核桃树旁的四合院里住着阿花，她那时小，脖子上总生痱子，在泉的洗衣池中洗脖子，密而长的头发就免不了浸了水面。我想去帮她，却有些不敢，拿树叶叠成小斗舀水喝，一眼一眼看她；王伯家的狗也来泉里喝水，就将我的瓦罐撞碎了。我气得打狗，也对阿花说："你赔我，你赔我！"阿花说："我赔你什么，是我撞碎你的罐子吗？"后来阿花大了，我每日都想能见到她，见到了却窘得想赶紧逃走，逃到避人处就又发恨，自己扇自己耳光。阿花的一个亲戚在关中平原，我们称山外人的，他突然来到阿花家，村人都在议论小伙子是来阿花家提媒了。这事对我打击很大，但我不敢去问阿花，伺机要报复那山外的人。山外没有核桃，我们摘了青皮核桃让他吃，他以为任何果子都是肉包核，当下就啃了一口，涩得舌头吐出来。又在他钻进茅房大便的时候，拿了石头往尿窖子里一丢，尿水从尿槽子里溅上去，弄了他一身的肮脏。他一嘴黄牙，这是我最瞧不上的，他说他们那儿的水盐碱重，味苦，没有山里的水甜。他说这话时样子很老实，让我好生得意。可是第二天，我从泉里提了一大桶凉水往麦场送的时候，他看见了，却说："你们不喝茶啊？"我说这儿不产茶。他说："我们山外吃饭就吃蒸馍，渴了要喝茶的。"他的话把我噎住了，晚上思来思去觉得窝火，天明的时候突然想出了一句对付的话：山外的水苦才用茶遮味哩，我们这儿水甜用得着泡茶吗？中午要把这话对他说，但没有寻着他，碰着小三，小三说："你知道不，山外黄牙走了，早上坐车回去啦！"我兴奋他终于走了，却遗憾没把想了一夜的话当面回顶他。

到了七十年代末，我从家乡到了西安上大学，西安的水不苦，但也不甜，我开始喝开水，仍没有喝茶的历史。暑假里回老家，父亲也从外地的学校回来，傍晚本家的几位伯叔堂兄来聊天，父亲对娘说："烧些煎水吧。"水烧开了，他却在一只特别大的搪瓷缸里泡起了茶。父亲喝茶，这是我以前并不晓得的，或许他是在学校里喝。但把茶拿回家来喝，这是第一次。伯叔堂兄们都说：“喝茶呀？这可是公家人的事！”茶叶干燥燥的，闻着有一股花香味，开水一冲就泛了暗红颜色。这便是我喝到的头口茶，感觉并不好，而且伯叔堂兄们也龇牙咧嘴。但是，那天的茶缸续了四次水，毕竟喝茶是一种身份地位的待遇。父亲待过几天就往学校去了，剩下的茶娘包起来放在柜里。那一年大旱，自留地里的辣子茄子旱得发蔫，我和弟弟从河里挑水去浇，一下午挑了数十担，累得几乎要趴在地上，一回家弟弟就说：咱慰劳慰劳自己吧。于是取了茶来泡了喝。剩下的茶就这么每天寻理由慰劳着喝了。待上了瘾，茶却没有了。因为所见到的茶叶模样极像干蓖麻叶末或干芝麻叶末，我们就弄了些干蓖麻叶揉碎了用开水泡，麻得舌头都硬了，又试着泡芝麻叶，倒没有怪味道，但毕竟喝过半杯就不想再喝了。

在大学读了三年书，书上关于茶的描述很多，我却再没有喝过茶。真正地接触茶则是参加工作后，那时的办公室里大家各自有个办公桌，办公桌的抽屉是加了锁的，每人的面前有一只烟灰缸和一只茶杯。开水是共同的，热水瓶里没水了，他们就喊：“小贾小贾，瓶里怎么没水了？”我提了瓶就去开水房打水，水打了回来，各自从抽屉里取了茶叶捏那么一点放在杯里，抽屉又锁上了，再是各自泡水喝。大家是互不让茶的。有一天办公室里只有我和老赵，老赵喝茶是半缸子茶叶半缸子水，缸子里的茶垢已经厚得像刷了生漆。他冲了一杯，说："你喝茶不？"我说我没茶。他给我捏了一点，我冲泡了喝起来。他告诉我谁喝的是铁观音茶，谁喝的是茉莉花茶，谁又是八宝茶，又开始嘟囔谁个最没意思，自己舍不得买茶却爱喝茶，总是占他的便宜。我听了心里就发寒：他一定会记着今日给过我茶叶的事的。正是因为有了要还他茶叶的念头，也考虑了别人都喝茶我喝白开水显得寒酸的缘故，在月初发薪时，我咬咬牙从三十九元的工资里取出两元钱买了一筒茶，首先让老赵喝了一次。就是这一筒茶使我从此离不开了茶。好多年间，我已经是很标准的办公室人员的形象了：准时上班，拖地擦桌子，然后泡一缸茶，吸一支烟，翻来覆去地看报纸。先后喝过的是花茶、砖茶、八宝茶，脑子里没有新茶陈茶的概念，只讲究浓茶和淡茶，也知道空腹不要喝茶，喝了心发慌，晚上不要喝浓茶，喝了失眠，隔夜茶不要喝，茶垢不要洗。唯一与办公室别的同志不一样的是喝八宝茶时得取出里面的枸杞，枸杞容易上火，老赵就说："给我给我。"他把三四粒枸杞丢进口里嚼，说这可是好东西哩！

那年月干部常常要下乡，我从事的是出版社的编辑工作，要了解各县的文艺创作状况，就在苹果仅仅只有核桃般大的时节去一个县上，县委宣传部的一个干事接待了我，正是星期六，他要回家，安排我夜里睡在他办公兼卧室的房间里，临走时给了我去灶上吃饭的饭票，又叮咛：要喝水，去水房开水炉那儿灌，茶叶就在第二个抽屉里。夜里，宣传部的小院里寂静无人，我看了一会书，觉得无聊，出来摘院子里的青苹果吃，酸得牙根疼，就泡了他的茶喝。茶只有半盒，形状小小的，似乎有着白茸毛。我初以为这茶霉了，冲了一杯，杯面上就起一层白汽，悠悠散开，一种清香味就钻进了口鼻。待端起杯再看时，杯底的茶叶已经舒展，鲜鲜活活如在枝头。这是我从未见过的茶叶，喝起来是那么地顺口，我一下子就喝完了；再续了水，又再续了水，直喝下三杯，额上泛了细汗，只觉目明神清，口齿间长长久久地留着一种爽味。第二天，一早起来我又泡了一杯，到了中午，又泡了一杯，眼见得茶盒里的茶剩下不多，但我控制不了欲望。天黑时主人还没有返回，我又泡了一杯。茶盒里的茶所剩无几了，我才担心起主人回来后怎么看待我，就决定再不能在这里待下去，将门钥匙交给了门房去街上旅舍睡，第二天一早则搭车去了临县。那么干事到底是星期天的傍晚返回的还是第二天的黎明返回，我至今不知，他返回后发现茶叶几近全无是暗自笑了还是一腔怨恨，我也不知，我只是十几天后回到西安给他去了一信，表示了对他接待的感激，其中有句“你的茶真好”，避免了当面见他的尴尬，兀自坐在案前满脸都是烫烧。

贼一样喝过了自觉是平生最好的茶，我不敢面对主人却四处给人排说，听讲的人便说我喝过的那一定是陕青，因为那个县距产茶区很近，又因为是县委的人，能得到陕青中的上品，又可能是新茶。于是，我知道了所谓的陕青，就是产于陕西南部的青茶。陕西南部包括汉中、安康、商洛，而产茶最多的是安康。我大学的同学在安康有好几位，并且那里还有我熟悉的几个文学作者。我开始给他们写信，明目张胆地索贿，骂他们为什么每次来西安不给我送些陕青呢，说我现在要做君子呀，宁可三日无肉，不能一晌无茶啊！结果，一包两包的茶叶从安康捎来，虽每次不多，却也不断，但都不是陕青中的上品，没有我在宣传干事那儿喝到的好。再差的陕青毕竟是陕青，喝得多了，档次再降不下来，才醒悟真正的茶是原本色味的。以前喝过的花茶、胡茶皆为花质不好用别的味道来调剂，而似乎很豪华的流行于甘、宁、青一带的八宝茶，实是在那里不产茶，将陈茶变着法儿来喝罢了。从此以后，花茶是不能入口了，宁喝白开水也不再喝八宝茶；每季的衣着是十分简陋，每日的饭菜也极粗糙，但茶必须是陕南青茶。在生活水平还普遍低下的年月里，我感觉我已经有点贵族的味道了。

当我成了作家，可以天南海北走遍，喝的茶品种就多了，比如在杭州喝龙井茶，在厦门喝铁观音茶，在成都喝峨眉茶，在云南喝普洱茶，在合肥喝黄山茶，有的茶价五百元一斤，有的甚至两千元。这些茶叶也真好，多少买了回来，味道却就不一样了，末了还是觉得陕南青茶好。说实在的，陕青的制作很粗，茶的形状不好，包装也简陋，但它的味重、醇厚，合于我的口舌和肠胃，这或许是我推崇的原因吧。

为了能及时喝到陕青，喝到新鲜的陕青，我是常去安康的，而且结交了一批新的安康的朋友，以至有了一位叫谭宗林的专门在那里为我弄茶。谭先生因工作的缘故，有时间往安康各县跑，又常来西安，他总是在谷雨前后就去了茶农家购买茶叶及时捎来，可以说每年我是西安最早喝到新陕青的人。待谭先生捎了半斤一斤还潮潮的新茶在西安火车站一给我打电话，我便立即通知一帮朋友快来我家。我是素不请人去吃饭的，邀人品茶却是常事。那一日，众朋友又喝得神清气爽，思维敏捷，妙语迭出，似乎都成了君子雅士。谭先生捎过了谷雨茶，一到清明，他就会在茶农家几十斤地采购上等青茶。我将小部分分给周围的人，大部分包装好存放于专门购置的大冰柜里，可以供一年享用了。朋友们都知道我家有好茶叶，隔三岔五就吆喝着来；可以说，我的茶客是非常多的。

我也和谭先生数次参加一些城里的茶社庆典活动，西安城中的大小茶社没有我未去过的，为茶社题写店名，编撰对联，书写条幅，为了茶我愿意这般做，全不顾了斯文和尊严。我和谭先生也跑过安康许多茶厂，人家叫干什么就干什么，平日惜墨如金，任何人来索字都要出重金购买，却主动要为茶厂留言，结果人家把题写的条幅印在茶袋上、茶盒上满世界销售，明明是侵犯了我的权益，又无故遭到外人说我拿了多少广告费，人是不敢有缺点的，我太嗜茶贪茶，也只有无话可说。

人的一生要交结众多朋友，朋友是走一批来一批的，而最能长久的是以茶为友的人。我不大食肉，十几年前因病戒了酒后，只喜欢吸烟喝茶，过的是有茶清待客，无事乱翻书的日子。每当泡一杯陕青在家，看着茶叶鲜鲜活活得可爱，什么时候都觉得面对了春天，品享着春天。茶叶常常就喝完了，我在门上贴了字条："送礼不要送别的，可以送茶。"但极少有送茶来的，来的都是些要喝我茶的人。这时候我就想起唐代快马加鞭昼夜不停从南宁往长安送荔枝的故事，可惜我不是那个杨贵妃，也不知谭先生现在在哪儿？

宴之趣

◎ 郑振铎

虽然是冬天，天气却并不怎么冷，雨点淅淅沥沥地滴个不已，灰色云是弥漫着；火炉的火是熄下了，在这样的秋天似的天气中，生了火炉未免是过于燠暖了。家里一个人也没有，他们都出外“应酬”去了。独自在这样的房里坐着，读书的兴趣也引不起，偶然地把早晨的日报翻着，翻着，看看它的广告，忽然想起去看 *Merry Widow* 吧。于是独自地上了电车，到派克路跳下了。

在黑漆的影戏院中，乐队悠扬地奏着乐，白幕上的黑影，坐着，立着，追着，哭着，笑着，愁着，怒着，恋着，失望着，决斗着，那还不是那一套，他们写了又写，演了又演的那一套故事。但至少，我是把一句话记住在心上了：

“有多少次，我是饿着肚子从晚餐席上跑开了。”

这是一句隽妙无比的名句，借来形容我们宴会无虚日的交际社会，真是很确切的。

每一个商人、每一个官僚，每一个略略交际广了些的人，差不多他们的每一个黄昏，都是消磨在酒楼菜馆之中的。有的时候，一个黄昏要赶着去赴三四处的宴会；这些忙碌的交际者真是妓女一样，在这里坐一坐，就走开了。又赶到另一个地方去了，在那一个地方又只略坐一坐，又赶到再一个地方去了。他们的肚子定是不会饱的，我想。有几个这样的交际者，当酒阑灯灺，应酬完毕之后，定是回到家中，叫底下人烧了稀饭来填补空肠的。

我们在广漠繁华的上海，简直是一个村气十足的“乡下人”；我们住的是乡下，到“上海”去一趟是不容易的，我们过的是乡间的生活，一月中难得有几个黄昏是在“应酬”场中度过的。有许多人也许要说我们是“孤介”，那是很清高的一个名词。但我们实在不是如此，我们不过是不惯征逐于酒肉之场，始终保持着不大见世面的“乡下人”的色彩而已。

偶然的有几次，承一二个朋友的好意，邀请我们去赴宴。在座的只有三四个熟人，那一半生客，还要主人介绍或自己去请教尊姓大名，或交换名片，把应有的初见面的应酬的话讷讷地说完了之后，便默默地相对无言了。说的话都不是有着落，都不是从心里发出的；泛泛的，是几个音声，由喉咙头溜到口外的而已。过后自己想起那样的敷衍的对话，未免要为之失笑。如此的，说是一个黄昏在繁灯絮语之宴席上度过了，然而那是如何没有生趣的一个黄昏呀！

有几次，席上的生客太多了，除了主人之外，没有一个是认识的；请教了姓名之后，也随即忘记了。除了和主人说几句话之外，简直地无从和他们谈起。不晓得他们是什么行业，不晓得他们是什么性质的人，有话在口头也不敢随意地高谈起来。那一席宴，真是如坐针毡；精美的羹菜，一碗碗地捧上来，也不知是什么味儿。终于忍不住了，只好向主人撒一个谎，说身体不大好过，或说是还有应酬，一定要去的——如果在谣言很多的这几天当然是更好托词了，说我怕戒严提早，要被留在华界之外——虽然这是礼貌的，不大应该的，虽然主人是照例地殷勤地留着，然而我却不顾一切地不得不走了。这个黄昏实在是太难挨得过去了！回到家里以后，买了一碗稀饭，即使只有一小盏萝卜干下稀饭，反而觉得舒畅，有意味。

如果有什么友人做喜事，或寿事，在某某花园，某某旅舍的大厅里，大张旗鼓地宴客，不幸我们是被邀请了，更不幸我们是太熟的友人，不能不到，也不能道完了喜或拜完了寿，立刻就托词溜走的，于是这又是一个可怕的黄昏。常常地张大了两眼，在寻找熟人，好容易找到了，一定要紧紧地和他们挤在一起，不敢失散。到了座席时，便有两三人在一块儿可以谈谈了，不至于一个人独自地局促在一群生面孔的人当中，惶恐而且空虚。当我们两三个人在津津地谈着自己的事时，偶然抬起眼来看着对面的一个坐客，他是凄然无侣地坐着；大家酒杯举了，他也举着；菜来了，一个人说："请，请。"同时把牙箸伸到盘边，他也说："请，请。"也同样地把牙箸伸出。除了吃菜之外，他没有目的，菜完了，他便局促地独坐着。我们见了他，总要代他难过，然而他终于能够终了席方才起身离座。

宴会之趣味如果仅是这样的，那么，我们将诅咒那第一个发明请客的人；喝酒的趣味如果仅是这样的，那么，我们也将打倒杜康与狄奥尼修士了。

然而又有的宴会却幸而并不是这样的；我们也还有别的可以引起喝酒的趣味的环境。

独酌，据说，那是很有意思的。我少时，常见祖父一个人执了一把锡的酒壶，把黄色的酒倒在白磁小杯里，举了杯独酌着；喝了一小口，真正一小口，便放下了，又拿起筷子来夹菜。因此，他食得很慢，大家的饭碗和筷子都已放下了，且已离座了，而他却还在举着酒杯，不匆不忙地喝着。他的吃饭，尚在再一个半点钟之后呢。而他喝着酒，颜微酡着，常常叫道："孩子，来。"而我们便到了他的跟前。他夹了一块只有他独享着的菜蔬放在我们口中，问道"好吃吗"，我们往往以点点头答之，在孙男与孙女中，他特别地喜欢我，叫我前去的时候尤多。常常地，他把有了短髭的嘴吻着我的面颊，微微有些刺痛，而他的酒气从他的口鼻中直喷出来。这是使我很难受的。

这样的，他消磨过了一个中午和一个黄昏。天天都是如此。我没有享受过这样的乐趣。然而回想起来，似乎他那时是非常高兴，他是陶醉着，为快乐的雾所围着，似乎他的沉重的忧郁都从心上移开了，这里便是他的全世界，而全世界也便是他的。

别一个宴之趣，是我们近几年所常常领略到的，那就是集合了好几个无所不谈的朋友，全座没有一个生面孔，在随意地喝着酒，吃着菜，上天下地地谈着。有时说着很轻妙的话，说着很可发笑的话，有时是如火如剑的激动的话，有时是深切的论学谈艺的话，有时是随意地取笑着，有时是面红耳热地争辩着，有时是高妙的理想在我们的谈锋上触着，有时是恋爱的遇合与家庭的与个人的身世使我们谈个不休。每个人都把他的心胸赤裸裸地袒开了，每个人都把他的向来不肯给人看的面孔显露出来了；每个人都谈着，谈着，谈着，只有更兴奋地谈着，毫不觉得“疲倦”是怎么一个样子。酒是喝得干了，菜是已经没有了，而他们却还是谈着，谈着，谈着。那个地方，即使是很喧闹的，很湫狭的，向来所不愿意多坐的，而这时大家却都忘记了这些事，只是谈着，谈着，谈着，没有一个人愿意先说起告别的话。要不是为了戒严或家庭的命令，竟不会有人想走开的。虽然这些闲谈都是琐屑之至的，都是无意味的，而我们却已在其间得到宴之趣了——其实在这些闲谈中，我们是时时可发现许多珠宝的；大家都互相地受着影响，大家都更进一步了解他的同伴，大家都可以从那里得到些教益与利益。

“再喝一杯，只要一杯，一杯。”

“不，不能喝了，实在的。”

不会喝酒的人每每这样地被强迫着而喝了过量的酒。面部红红的，映在灯光之下，是向来所未有的壮美的丰采。

“圣陶，干一杯，干一杯。”我往往地举起杯来对着他说，我是很喜欢一口一杯地喝酒的。

“慢慢地，不要这样快，喝酒的趣味，在于一小口一小口地喝，不在于‘干杯’。”圣陶反抗似的说，然而终于他是一口干了，一杯又是一杯。

连不会喝酒的愈之、雁冰，有时，竟也被我们强迫地干了一杯。于是大家哄然地大笑，是发出于心之绝底的笑。

再有，佳年好节，合家团团地坐在一桌上，放了十几双的红漆筷子，连不在家中的人也都放着一双筷子，都排着一个座位。小孩子笑滋滋地闹着吵着，母亲和祖母温和地笑着，妻子忙碌着，指挥着厨房中厅堂中仆人们的做菜，端菜，那也是特有一种融融泄泄的乐趣，为孤独者所妒羡不止的，虽然并没有和同伴们同在时那样的宴之趣。

还有，一对恋人独自在酒店的密室中晚餐；还有，从戏院中偕了妻子出来，同登酒楼喝一二杯酒；还有，伴着祖母或母亲在熊熊的炉火旁边，放了几盏小菜，闲吃着消夜的酒，那都是使身临其境的人心醉神怡的。

宴之趣是如此的不同呀！

谈吃

◎ 夏丏尊

说起新年的行事，第一件在我脑中浮起的是吃。回忆幼时一到冬季，就日日盼望过年，等到过年将届，就乐不可支。因为过年的时候，有种种乐趣，第一是吃的东西多。

中国人是全世界善吃的民族。普通人家，客人一到，男主人即上街办吃场，女主人即入厨罗酒浆，客人则坐在客堂里口嗑瓜子，耳听碗盏刀俎的声响，等候吃饭。吃完了饭，大事已毕，客人拔起步来说“叨扰”，主人说“没有什么好的待你”，有的还要苦留“吃了点心去”“吃了夜饭去”。

遇到婚丧，庆吊只是虚文，果腹倒是实在。排场大的大吃七日五日，小的大吃三日一日。早饭，午饭，点心，夜饭，夜点心，吃了一顿又一顿，吃得来不亦乐乎，真是酒可为池，肉可成林。

过年了，轮流吃年饭，送食物。新年了，彼此拜来拜去，讲吃局。端午要吃，中秋要吃，生日要吃，朋友相会要吃，相别要吃。只要取得出名词，就非吃不可，而且一吃就了事，此外不必别有什么。

小孩子于三顿饭以外，每日好几次地向母亲讨铜板，买食吃。普通学生最大的消费，不是学费，不是书籍费，乃是吃的用途。成人对于父母的孝敬，重要的就是奉甘旨。中馈自古占着女子教育上的主要部分。“食不厌精，脍不厌细”，“沽酒，市脯”，“割不正”，圣人不吃。梨子蒸得味道不好，贤人就可以出妻。家里的老婆如果弄得出好菜，就可以骄人。古来许多名士至于费尽苦心，别出心裁，考察出好几部特别的食谱来。

不但活着要吃，死了仍要吃。他民族的鬼，只要香花就满足了，而中国的鬼，仍依旧非吃不可。死后的饭碗，也和活时的同样重要，或者还更重要。普通人为了死后的所谓“血食”，不辞广蓄姬妾，预置良田。道学家为了死后的冷猪肉，不辞假仁假义，拘束一世。朱竹垞宁不吃冷猪肉，不肯从其诗集中删去《风怀二百韵》的艳诗，至今犹传为难得的美谈，足见冷猪肉牺牲不掉的人之多了。

不但人要吃，鬼要吃，神也要吃，甚至连没嘴巴的山川也要吃，天地也要吃。有的但吃猪头，有的要吃全猪，有的是专吃羊的，有的是专吃牛的，各有各的胃口，各有各的嗜好，古典中大都详有规定，一查就可知道。较之于他民族的对神只做礼拜，似乎他民族的神极端是唯心，中国的神倒是极端唯物的。

梅村的诗道，“十家三酒店”，街市里最多的是食物铺。俗语说，“开门七件事”，家庭中最麻烦的不是教育或是什么，乃是料理食物。学校里最难处置的不是程度如何提高，教授如何改进，乃是饭厅风潮。

至于吃的方法，更是五花八门，有烤，有炖，有蒸，有卤，有炸，有烩，有醉，有炙，有熘，有炒，有拌，真真一言难尽。古来尽有许多做菜的名厨司，其名字都和名卿相一样煊赫地留在青史上。不，他们之中有的并升到高位，老老实实就是名卿相。如果中国有一件事可以向世界自豪的，那么这并不是历史之久，土地之大，人口之众，军队之多，战争之频繁，乃是善吃的一事。中国的菜肴，已征服了全世界了。有人说，中国人有三把刀为世界所不及，第一把就是厨刀。

不见到喜庆人家挂着的福禄寿三星图吗？福禄寿是中国民族生活上的理想。画上的排列是禄居中央，右是福，寿居左。禄也者，拆穿了说，就是吃的东西。老子也曾说过：“虚其心实其腹”，“圣人为腹不为目”。吃最要紧，其他可以不问。“嫖赌吃着”之中，普通人皆认吃最实惠。所谓“着威风，吃受用，赌对冲，嫖全空”，什么都假，只有吃在肚里是真的。

吃的重要，更可于国人所用的言语上证之。在中国，吃字的意义特别复杂，什么都会带了“吃”字来说。被人欺负曰“吃亏”，打巴掌曰“吃耳光”，希求非分曰“想吃天鹅肉”，诉讼曰“吃官司”，中枪弹曰“吃卫生丸”，此外还有什么“吃生活”“吃排头”，等等。相见的寒暄，他民族说“早安”“午安”“晚安”，而中国人则说：“吃了早饭没有？”“吃了中饭没有？”“吃了夜饭没有？”对于职业，普通也用吃字来表示，营什么职业就叫作吃什么饭。“吃赌饭”“吃党子饭”“吃洋行饭”“吃教书饭”，诸如此类，不必说了。甚至对于应以信仰为本的宗教者，应以保卫国家为职志的军士，也都加吃字于上。在中国，教徒不称信者，叫作“吃天主教的”“吃耶稣教的”，从军的不称军人，叫作“吃粮的”，最近还增加了什么“吃党饭”“吃三民主义”的许多新名词。

衣食住行为生活四要素，人类原不能不吃。但吃字的意义如此复杂，吃的要求如此露骨，吃的方法如此麻烦，吃的范围如此广泛，好像除了吃以外就无别事也者。

在中国，衣不妨污浊，居室不妨简陋，道路不妨泥泞，而独在吃上分毫不能马虎。衣食住行的四事之中，食的程度，远高于其余一切，很不调和。中国的文化，可以说与饮食息息相关。

佛家说六道轮回，把众生分为天、人、修罗、畜生、地狱、饿鬼六道。如果我们相信这话，那么中国是否都从饿鬼道投胎而来，真是一个疑问。

馋

◎ 梁实秋

适当的字。罗马暴君尼禄，以至
时候，常见其撕下一根根又粗又
，好一副饕餮相！但那不是馋。
口气吃二十个荷包蛋，也不是馋，
一种食物有所偏好，对于大量的
食物的质，最需要满足的是品味。
，舌上还有无数的味蕾，教人焉得
可以发展成为近于艺术的趣味。

。馋字从食，本义是狡兔，善于奔
奔走以膏馋吻，所谓“为了一张嘴，
了吃，决不懒。我有一位亲戚，属
，大风雪，老头子缩头缩脑偎着小煤

炉子取暖。他的儿子下班回家，顺路市得四只鸭梨，以一只奉其父。父得梨，大喜，当即啃了半只，随后就披衣戴帽，拿着一只小碗，冲出门外，在风雪交加中不见了人影。他的儿子只听得大门哐啷一声响，追已无及。越一小时，老头子托着小碗回来了，原来他是要吃榅桲拌梨丝！从前酒席，一上来就是四干、四鲜、四蜜饯，榅桲、鸭梨是现成的，饭后一盘榅桲拌梨丝别有风味（没有鸭梨的时候白菜心也能代替）。这老头子吃剩半个梨，突然想起此味，乃不惜于风雪之中奔走一小时。这就是馋。

人之最馋的时候是在想吃一样东西而又不可得的那一段期间。希腊神话中之谭塔勒期，水深及颚而不得饮，果实当前而不得食，饿火中烧，痛苦万状，他的感觉不是馋，是求生不成求死不得。馋没有这样的严重。人之犯馋，是在饱暖之余，眼看着、回想起或是谈论到某一美味，喉头像是有馋虫搔抓作痒，只好干咽唾沫。一旦得遂所愿，恣情享受，浑身通泰。对于家乡风味总是念念不忘，其实“千里莼羹，末下盐豉”也不见得像传说的那样迷人。我曾痴想北平羊头肉的风味，想了七八年；胜利还乡之后，一个冬夜，听得深巷卖羊头肉小贩的吆喝声，立即从被窝里爬出来，把小贩唤进门洞，我坐在懒椅上看着他于暗淡的油灯照明之下，抽出一把雪亮的薄刀，横着刀刃片羊脸子，片得飞薄，然后取出一只蒙着纱布的羊角，撒上一些焦盐。我托着一盘羊头肉，重复钻进被窝，在枕上一片一片的羊头肉放进嘴里，不知不觉地进入了睡乡，十分满足地解了馋瘾。但是，老实讲，滋味虽好，总不及在痴想时所想象的香。我小时候，早晨跟我哥哥步行到大鹁鸽市陶氏学堂上学，校门口有个小吃摊贩，切下一片片的东西放在碟子上，洒上红糖汁、玫瑰木樨，淡紫色，样子实在令人馋涎欲滴。走近看，知道是糯米藕。一问价钱，要四个铜板，而我们早点费每天只有两个铜板。我们当下决定，饿一天，明天就可以一尝异味。所付代价太大，所以也不能常吃。糯米藕一直在我心中留下不可磨灭的印象。后来成家立业，想吃糯米藕不费吹灰之力，餐馆里有时也有供应，不过浅尝辄止，不复有当年之馋。

馋与阶级无关。豪富人家，日食万钱，犹云无下箸处，是因为他这种所谓饮食之人放纵过度，连馋的本能和机会都被剥夺了，他不是馋，也不是太馋，他麻木了，所以他就要千方百计地在食物方面寻求新的材料、新的刺激。我有一位朋友，湖南桂东县人，他那偏僻小县却因乳猪而著名，他告我说每年某巨公派人前去采购乳猪，搭飞机运走，充实他的郇厨。烤乳猪，何地无之？何必远求？我还记得有人置寿筵，客有专诚献“烤方”者，选尺余见方的细皮嫩肉的猪臀一整块，用铁钩挂在架上，以炭火燔炙，时而武火，时而文火，烤数小时而皮焦肉熟。上桌时，先是一盘脆皮，随后是大薄片的白肉，其味绝美，与广东的烤猪或北平的炉肉风味不同，使得一桌的珍馐相形见绌。可见天下之口有同嗜，普通的一块上好的猪肉，苟处理得法，即快朵颐。像世说所谓，王武子家的蒸豚，乃是以人乳喂养的，实在觉得多此一举，怪不得魏武未终席而去。人是肉食动物，不必等到“七十者可以食肉矣”，平素有一些肉类佐餐，也就可以满足了。

北平人馋，可是也没听说与谁真个馋死，或是为了馋而倾家荡产。大抵好吃的东西都有个季节，逢时按节地享受一番，会因自然调节而不逾矩。开春吃春饼，随后黄花鱼上市，紧接着大头鱼也来了，恰巧这时候后院花椒树发芽，正好掐下来烹鱼。鱼季过后，青蛤当令。紫藤花开，吃藤萝饼，玫瑰花开，吃玫瑰饼；还有枣泥大花糕。到了夏季，“老鸡头才上河哟”，紧接着是菱角、莲蓬、藕、豌豆糕、驴打滚、艾窝窝，一起出现。席上常见水晶肘，坊间唱卖烧羊肉，这时候嫩黄瓜、新蒜头应时而至。秋风一起，先闻到糖炒栗子的气味，然后就是炮烤涮羊肉，还有七尖八团的大螃蟹。“老婆老婆你别馋，过了腊八就是年。”过年前后，食物的丰盛就更不必细说了。一年四季的馋，周而复始的吃。

馋非罪，反而是胃口好、健康的现象，比食而不知其味要好得多。

果蔬秋浓

◎ 汪曾祺

中国人吃东西讲究色香味。关于色味，我已经写过一些话，今只说香。

水果店

江阴有几家水果店，最大的是正街正对寿山公园的一家，水果多，个大，饱满，新鲜。一进门，扑鼻而来的是浓浓的水果香。最突出的是香蕉的甜香。这香味不是时有时无，时浓时淡，一阵一阵的，而是从早到晚都是这么香，一种长在的、永恒的香。香透肺腑，令人欲醉。

我后来到过很多地方，走进过很多水果店，都没有这家水果店的浓厚的果香。这家水果店的香味使我常常想起，永远不忘。

那年我正在恋爱，初恋。

果蔬秋浓

今天的活是收萝卜。收萝卜是可以随便吃的——有些果品不能随便吃，顶多尝两个，如二十世纪明月（梨）、柔丁香（葡萄），因为产量太少了，很金贵。萝卜起出来，堆成小山似的。农业工人很有经验，一眼就看出来，这是一般的，过了磅卖出去；这几个好，留下来自己吃。不用刀，用棒子打它一家伙，“棒打萝卜”嘛。“咔嚓”一声，萝卜就裂开了。萝卜香气四溢，吃起来甜、酥、脆。我们种的是心里美。张家口这地方的水土好像特别宜于萝卜之类作物生长，苤蓝有篮球大，疙瘩白（圆白菜）像一个小铜盆。萝卜多汁，不艮，不辣。

红皮小水萝卜，生吃也很好（有萝卜我不吃水果），我的家乡叫作“杨花萝卜”，因为杨树开花时卖。过了那几天就老了。小红萝卜气味清香。

江青一辈子只说过一句正确的话：“小萝卜去皮，真是煞风景！”我们有时陪她看电影，开座谈会，听她东一句西一句地漫谈。开会都是半夜（她白天睡觉，夜里办公），会后有一点夜宵。有时有凉拌小萝卜。人民大会堂的厨师特别巴结，做小萝卜都是削皮的。萝卜去皮，吃起来不香。

南方的黄瓜不如北方的黄瓜，水叽叽的，吃起来没有黄瓜香。

都爱吃夏初出的顶花带刺的嫩黄瓜，那是很好吃，一咬满口香，嫩黄瓜最好攥在手里整咬，不必拍，更不宜切成细丝。但也有人爱吃二茬黄瓜——秋黄瓜。

呼和浩特有一位老八路，官称“老李森”。此人保留了很多农民的习惯，说起话来满嘴粗话。我们请他到宾馆里来介绍情况，他脱下一只袜子来，一边摇着这只袜子，一边谈，嘴里隔三句就要加一个“我操你妈”。他到一个老朋友曹文玉家来看我们。曹家院里有几架自种的黄瓜，他进门就摘了两条嚼起来。曹文玉说：“你洗一洗！”——“洗它做啥！”

我老是想起这两句话：“宁吃一斗葱，莫逢屈突通。”这两句话大概出自杨升庵的《古谣谚》。屈突通不知是什么人，印象中好像是北朝的一个很凶恶的武人。读书不随手做点笔记，到要用时就想不起来了。我为什么老是要想起这两句话呢？因为我每天都要吃葱，爱吃葱。

“小葱拌豆腐——一清二白。”每年小葱下来时我都要吃几次小葱拌豆腐，盐，香油，少量味精。

羊角葱蘸酱卷煎饼。

再过几天，新葱——新鲜的大葱就下来了。

我在一九五八年被定为“右派”，尚未下放，曾在西山八大处干了一阵活，为大葱装箱。是山东大葱，出口的，可能是出口到东南亚的。这样好的大葱我真没有见过，葱白够一尺长，粗如擀面杖。我们的任务是把大葱在大箱里码整齐，钉上木板。闻得出来，这大葱味甜不辣，很香。

新山药（土豆，马铃薯）快下来了，新山药入大笼蒸熟，一揭屉盖，喷香！山药说不上有什么味道，可是就是有那么一种新山药气。羊肉卤蘸莜面卷，新山药，塞外美食。

苤蓝、茄子，口外都可以生吃。

逐臭

“臭豆腐、酱豆腐，王致和的臭豆腐！”过去卖臭豆腐、酱豆腐是由小贩担子沿街串巷吆喝着卖的。王致和据说是有这么个人的。皖南屯溪人，到北京来赶考，不中，穷困落魄，流落在北京，百无聊赖，想起家乡的臭豆腐，遂依法炮制，沿街叫卖，生意很好，干脆放弃功名，以此为生。这个传说恐怕不可靠，一个皖南人跑到北京来赶考，考的是什么功名？无此道理。王致和臭豆腐家喻户晓，世代相传，现在成了什么“集团”，厂房很大，但是商标仍是“王致和”。王致和臭豆腐过去卖得很便宜，是北京最便宜的一种贫民食品，都是用筷子夹了卖，现在改用方瓶码装，卖得很贵，成了奢侈品。有一个侨居美国的老人，晚年不断地想北京的臭豆腐，再来一碗热汤面，此生足矣。这个愿望本不难达到，但是臭豆腐很臭，上飞机前检查，绝对通不过，老华人恐怕将带着他的怀乡病，抱恨以终。

臭豆腐闻起来臭，吃起来香。有一位女同志，南京人。爱人到南京出差，问她要带些什么东西——“臭豆腐干”。她爱人买了一些，带到火车上。一车厢人都大叫：“这是什么味道？什么味道！”我们在长沙，想尝尝毛泽东在火宫殿吃过的臭豆腐，循味跟踪，臭味渐浓，“快了，快到了，闻到臭味了嘛！”到了眼前，是一个公共厕所！据说毛泽东曾特为到火宫殿去吃了一次臭豆腐，说了一句话：“火宫殿的臭豆腐还是好吃！”“文化大革命”中，这就成了一条“最新指示”，用油漆写在火宫殿的照壁上。

其实油炸臭豆腐干不只长沙有。我在武汉、上海、南京，都吃过。昆明的是烤臭豆腐，把臭油豆干放在下置炭火的铁篦子上烤。南京夫子庙卖油炸臭豆腐干，用竹签子串起来，十个一串，像北京的冰糖葫芦似的，穿了薄纱的旗袍或连衣裙的女郎，描眉画眼，一人手里拿了两三串臭豆腐，边走边吃，也是一种景观，他处所无。

吃臭，不只中国有，外国也有，我曾在美国吃过北欧的臭起司。

招待我们的诗人保罗·安格尔，以为我吃不来这种东西。我连王致和臭豆腐都能整块整块地吃，还在乎什么臭起司！待老夫吃一个样儿叫你们见识见识！

不臭不好吃，越臭越好吃，口之于味并不都是“有同嗜焉”。

下午茶[1]

◎ 简媜

仍旧眷恋独处，在市中心的九楼，常常把百叶窗拉密，用与世隔绝的手势，回到自己，裸足下田，在稿纸上。

我翻阅《茶经》，想象陆羽的面貌，到底什么样的感动让他写下中国第一本有系统地介绍茶艺的书？因为喜欢喝茶？还是在品茗之中体会茶汁缓缓沿喉而下，与血肉之躯融合之后的那股甘醇？饮茶需要布局，但饮后的回甘，却又破格，多么像人生。同一个杯、同一种茶、同一式泡法，饮在不同的喉里，冷暖浓淡自知，完全是心证功夫。有人喝茶是在喝一套精制而考究的手艺；有人握杯闻香，交递清浊之气；有人见杯即干，不事进德修业专爱消化排泄；有人

---

① 本文为原文的节选部分。

随兴，水是好水、壶是好壶、茶是好茶。大化浪浪，半睡半醒，茶之一字，诸子百家都可以注解。

我终究不似陆羽的喝法。我化成众生的喉咙，喝茶。

当然，也不如李白、东坡才情，焚香小坐，静气品茗，给茶取个响亮的名字："仙人掌茶""月兔茶"，满座皆叹服好茶好名姓。谁晓得二位高士安什么心？仙人掌嘴、月兔杵臼，我倒觉得喜怒笑骂！

所以，既然"下午"喝茶，且把手艺拆穿、杯壶错乱，道可道非常道，至少不是我的道。我只要一刹那的喉韵，无道一身轻。

喜欢读茶名，甚于赏壶。茶树管它长成什么样其实都是枝枝叶叶，本来无名无姓。人替它取了名，是拟人化了。不管名字背后代表它的出身、制造过程，抑或冲泡时的香味，总是人的自作多情。反正，人就是霸道，喜欢用建构社会解释生命的一套逻辑转嫁在茶身上，必要时还要改良品种。所以，茶也有尊卑高低了。我既然写茶，自然无法避免使用现有的茶名，这是基础语言。但我纯粹想象，用旧躯壳装新灵魂。

几乎天天喝茶，通常一杯从早到晚只添水不换茶叶，所以浓冽是早晨，清香已到了中午，淡如白水合该熄灯就寝。喝茶顺道看杯中茶，蜷缩是婴儿，收放自如到了豆蔻年华，肥硕即是阳寿将尽。一撮叶，每天看到一生。看久了，说心花怒放也可以，说不动声色亦可。

平日逛街，看到茶店总会溜进去，平白叫几个生张熟魏的茶名也很过瘾。很少不买的，买回来首先独品。乌龙茶好比高人，喝一口即能指点迷津。花茶非常精灵，可惜少了雍容气度。冰的柠檬红茶有点志不同道不合，可夏日炎炎，它是个好人。白毫乌龙耐品，像温厚而睿智的老者。加味茶里，薄荷最是天真可爱，月桂有点城府，玫瑰妖娆，英国皇家红茶，恕我直言，镀金皇冠。

还是爱喝中国的茶，情感特别体贴。铁观音外刚内柔，佛手喝来春暖花开。柚茶苦口婆心。至于陈年普洱，好比走进王谢堂内，蛛网恢恢疏而不漏。龙须茶，真像圣旨驾到，五脏六腑统统下跪。

喝茶也会“茶醉”。在朋友的茶庄，说是上好乌龙，到了第七泡，喉鼻畅通，满腔清香，竟会醺醺然，走路好像误入仙人花苑，可见《七碗歌》绝非子虚乌有。

既然茶不挑嘴，嘴不挑茶，有些滋味就写入文章。不见得真有其人其事，只不过从茶味中得着一点灵犀，与我内心版图上的人物一一印合，我在替舌尖的滋味找人的面目，而已。

这样的写法，也可以说看不出跟茶有什么瓜葛！话说回来，这是我的喝法，有何不可呢？况且，真正让我感兴趣的，不是茶的制造或茶艺，是茶味。

茶不能缺少壶，犹如下弈不能无棋。原先也打算玩壶，一来两手没空，二来玩不起。溜到茶店门口，隔着玻璃监狱给壶探监；要不，上好友家，搬把凳子，打开柜子，把他收购的壶挪到桌上，研究研究。老实说，不亲。他的壶子壶孙，有的是人家养亮了，出个价买的，有的新绳系新壶，壶底的标价未撕恰恰好黏住了“宜兴”。包袱、树干、葵花、小壶……都是名家后裔，可是新手新泥少了点心血味。其实，捏壶的痴法与收壶的痴法相同，据说爱壶人“相”到一把好壶，因故不能耳鬓厮磨，那种心痛好比与爱人诀别，十分悲壮。

我那朋友是属于沿路娶妾的，我是布衣白丁不为情困，专爱眉来眼去。

所以，文章里的茶具都是器而不器。

或许，深谙茶道的高手将视我为大逆不道，合该拖出去斩首示众。刀下留不留人在他，我是这么想：比方下棋吧，会摆谱布局的，尽管将帅相逢、兵卒厮杀；儿童比弈，没这规矩，叠棋子比高低。

我的饮水生涯乏善可陈，但是乐在其中。这些年，看到好碗好杯好碟好价钱，霸着柜台就娶了，也不算收藏，八字没一撇，只是寻常布衣，一见钟情而已。买来也不会奉为上宾，破的破、碎的碎，插花、弹灰、养石头，各适其性。这么一路玩下来，有些轻微的幸福就出现了。

虽是杯什器皿，与我脾性相切，用起来如见故友，缺角漏水，我不嫌它，核价高低那是店面的事，用不着标在生活上。茶水生涯亦如此，好茶、劣茶怎么分呢？喝好茶、喝劣茶怎么说呢？前人茶书中备注了，凡有恶客、大宴、为人事所迫时不宜沏茶，会糟蹋佳茗清心；这话有道理，所以袋茶是最好的逐客令，一杯水打死客人，言外之意是，茶喝完了您请回。

若是薄云小雨天气，窗外竹树烟翠，花含苞、人悠闲，案头小灯晶莹，此时净手沏茶，就算粗茶配了个缺角杯，饮来，也格外耳聪目明。

所谓佳茗，在我看来，即是茶、壶、人一体。

所以，我随心所欲饮茶。

辑二

那只鸟，那朵花，无言处皆是歌声

小猫压在腿上睡觉，时间长了，又酸又痛，
却只能强忍着，生怕惊动了它的轻梦，
丢掉了梦中得之不易的老鼠。

告别白鸽

◎ 陈忠实

老舅到家里来，话题总是离不开退休后的生活内容，谈到他还可以干翻扎麦地这种最重的农活儿，很自豪的神情；养着一只大奶羊，早晨起来挤下羊奶煮熟和孙子喝了，孙子去上学，他则牵着羊到坡地里去放牧，挺诱人的一种惬意的神色；说他还养着一群鸽子，到山坡上放羊时或每月进城领取退休金时，顺路都要放飞自己的鸽子。我禁不住问：“有白色的没有？纯白的？”

老舅当即明白了我的话意，不无遗憾地说：“有倒是有……只有一对。”随之又转换成愉悦的口吻，“白鸽马上就要下蛋了，到时候我把小白鸽给你捉来，就不怕它飞跑了。”老舅大约看出我的失望，继续解释说，“那一对老白鸽你养不住，咱们两家原上原下几里路，它一放开就飞回老窝里去了。”

我就等待着，并不焦急，从产卵到孵化再到幼鸽独立生存，差不多得两个月，急是没有用的。我那时正在远离城市的乡下故园里住着读书写作，大约七八年了，对那种纯粹的乡村情调和质朴到近乎平庸的生活，早已生出寂寞，尤其是陷入那部长篇小说的写作以来的三年。这三年里我似乎在穿越一条漫长的历史隧道，仍然看不到出口处的亮光，一种劳动过程之中尤其是每一次劳动中止之后的寂寞围裹着我，常常难以诉叙难以排解。我想到能有一对白色的鸽子，心里便生出一缕温情一方圣洁。

出乎我意料的是，一周没过，舅舅又来了，而且捉来了一对白鸽。面对我的欣喜和惊讶之情，老舅说："我回去后想了，干脆让白鸽把蛋下到你这里，在你这里孵出小鸽，它就认你这儿为家咧。再说嘛，你一年到头闷在屋里看书呀写字呀，容易烦。我想到这一层就赶紧给你捉来了。"我看着老舅的那双洞达豁朗的眼睛，心不由怦然颤动起来。

我把那对白鸽接到手里时，发现老舅早已扎住了白鸽的几根羽毛，这样被细线捆扎的鸽子只能在房屋附近飞上飞下，而不会飞高飞远。老舅特别叮嘱说，一旦发现雌鸽产下蛋来，就立即解开它翅膀上被捆扎的羽毛，此时无须担心鸽子飞回老窝去，它离不开它的蛋。至于饲养技术，老舅不屑地说："只要每天早晨给它撒一把苞谷粒儿……"

我在祖居的已经完全破败的老屋的后墙上的土坯缝隙里，砸进了两根木棍子，架上一只硬质包装纸箱，纸箱的右下角剪开一个四方小洞，就把这对白鸽放进去了。这幢已无人居住的破落的老屋似乎从此获得了生气，我总是抑制不住对后墙上的那一对活泼的白鸽的关切之情，没遍没数儿地跑到后院里，轻轻地撒上一把玉米粒儿。起始，两只白鸽大约听到玉米粒儿落地时特异的声响，挤在纸箱四方洞口探头探脑，像是在辨别我投撒食物的举动是真诚的爱意抑或是诱饵。我于是走开，以便它们可以放心进食。

终于出现奇迹。那天早晨，一个美丽的乡村的早晨，我刚刚走出后门扬起右手的一瞬间，扑啦啦一声响，一只白鸽落在我的手臂上，迫不及待地抢夺手心里的玉米粒儿。接着又是扑啦啦一声响，另一只白鸽飞落到我的肩头，旋即又跳弹到手臂上，挤着抢着啄食我手心里的玉米粒儿。四只爪子掐进我的皮肉，有一种痒痒的刺痛。然而听着玉米粒从鸽子喉咙滚落下去的撞击的声响，竟然不忍心抖掉鸽子，似乎是一种早就期盼着的信赖终于到来。

又是一个堪称美丽的早晨，飞落到我手臂上啄食玉米粒儿的鸽子仅有一只，我随之发现，另外一只静静地卧在纸箱里产卵了。新生命即将诞生的欣喜和某种神秘感，立时就在我的心头漫溢开来。遵照老舅的经验之说，我当即剪除了捆扎鸽子羽毛的绳索，白鸽自由了，那只雌鸽继续钻进纸箱去孵蛋，而那只雄鸽，扑啦啦飞向天空去了。

终于听到了破壳出卵的幼鸽的细嫩的叫声。我站在后院里，先是发现了两只破碎的蛋壳，随之就听到从纸箱里传出来的细嫩的新生命的啼叫声。那声音细弱而又嫩气，如同初生婴儿无意识的本能的啼叫，又是那样令人动心动情。我几乎同时发现，两只白鸽轮番飞进飞出，每一只鸽子的每一次归巢，都使纸箱里欢闹起来，可以推想，父亲或母亲为它们捕捉回来了美味佳肴。

我便在写作的间隙里来到后院，写得拗手时到后院抽一支烟，那哺食的温情和欢乐的声浪会使人的心绪归于清澈和平静，然后重新回到摊着书稿的桌前；写得太顺时我也有意强迫自己停下笔来，到后院里抽一支雪茄，瞅着飞来又飞去的两只忙碌的白鸽，聆听那纸箱里日渐一日愈加喧腾的争夺食物的欢闹，于是我的情绪由亢奋渐渐归于冷静和清醒，自觉调整到最佳写作心态。

这一天，我再也按捺不住神秘的纸箱里小生命的诱惑，端来了木梯，自然是趁着两只白鸽外出采食的间隙。哦！那是两只多么丑陋的小鸽，硕大的脑袋光溜溜的，又长又粗的喙尤其难看，眼睛刚刚睁开，两只肉翅同样光秃秃的，它俩紧紧依偎在一起，静静地等待母亲或父亲归来哺食。我第一次看到了初生形态的鸽子，那丑陋的形态反而使我更急切地期盼蜕变和成长。

我便增加了对白鸽喂食的次数，由每天早晨的一次到早、午、晚三次。我想到白鸽每天从早到晚外出捕捉虫子，不仅活动量大大增加，自身的消耗也自然大大增加，而且把采来的最好的吃食都喂给幼鸽了。

说来挺怪的，我按自己每天三餐的时间给鸽子撒上三次玉米粒儿，然后坐在书桌前与我正在纠葛着的作品里的人物对话，心里竟有一种尤为沉静的感觉，白鸽哺育幼鸽的动人的情景，有形无形地渗透到我对作品人物的气性的把握和描述着的文字之中。

又是一个美丽的早晨，我在往地上撒下一把玉米粒儿的时候，两只白鸽先后飞下来，它们显然都瘦了，毛色也有点灰脏有点邋遢。我无意间往墙上的纸箱一瞅，两只幼鸽挤在四方洞口，以惊异稚气的眼睛瞅着正在地上啄食的父亲和母亲。那是怎样漂亮的两只幼鸽哟，雪白的羽毛，让人联想到刚刚挤出的牛乳。幼鸽终于长成了，所有可能发生的意外或不测的担心顿然化解了。

那是一个下午，我准备到河边上去散步，临走之前给白鸽撒一把玉米粒儿，算是晚餐。我打开后门，眼前一亮，后院的土围墙的墙头上，落栖着四只白色的鸽子，竟然给我一种白花花一大堆的错觉。两只老白鸽看见我就飞过来了，落在我的肩头，跳到手臂上抢啄玉米粒儿。我把玉米粒儿撒到地上，抖掉老白鸽，好专注欣赏墙头上那两只幼鸽。

两只幼鸽在墙头上转来转去，瞅瞅我又瞅瞅在地上啄食的老白鸽，胆怯的眼光如此明显，我不禁笑了。从脑袋到尾巴，一色纯白，没有一根杂毛，牛乳似的柔嫩的白色，像是天宫降临的仙女。是的，那种对世界对自然对人类的陌生和新奇而表现出的胆怯和羞涩，使人顿时生出诸多的联想：刚刚绽开的荷花，含珠带露的梨花，养在深山人未识的俏妹子……最美好最纯净最圣洁的比喻仍然不过是比喻，仍然不及幼鸽自身的本真之美。这种美如此生动，直教我心灵震颤，甚至畏怯。是的，人可以直面威胁，可以蔑视阴谋，可以踩过肮脏的泥泞，可以对叽叽咕咕保持沉默，可以对丑恶闭上眼睛，然而在面对美的精灵时却是一种怯弱。

小白鸽和老白鸽在那幢破烂失修的房脊上亭亭玉立。这幢由家族的创业者修盖的房屋，经历了多少代人的更替而终于墙颓瓦朽了，四只白色的鸽子给这幢风烛残年的老房子平添了生机和灵气，以至于幻化出家族兴旺时期的遥远的生气。

夕阳绚烂的光线投射过来，老白鸽和幼白鸽的羽毛红光闪耀。

我扬起双手，拍出很响的掌声，激发它们飞翔。两只老白鸽先后起飞。小白鸽飞起来又落下去，似乎对自己能否翱翔蓝天缺乏自信，也许是第一次飞翔的胆怯。两只老白鸽就绕着房子飞过来旋过去，无疑是在鼓励它们的儿女勇敢地起飞。果然，两只小白鸽起飞了，翅膀扇打出啪啪啪的声响，跟着它们的父母彻底离开了屋脊，转眼就看不见了。

我走出屋院站在街道上，树木笼罩的村巷依然遮挡视线，我就走向村庄背靠的原坡，树木和房舍都在我眼底了。我的白鸽正从东边飞翔过来，沐浴着晚霞的橘红。沿着河水流动的方向，翼下是蜿蜒着的河流，如烟如带的杨柳，正在吐絮扬花的麦田。四只白鸽突然折转方向，向北飞去，那儿是骊山的南麓，那座不算太高的山以风景和温泉名扬历史和当今，烽火戏诸侯和捉蒋兵谏的故事就发生在我的对面。两代白鸽掠过气象万千的那一道道山岭，又折回来了，掠过河川，从我的头顶飞过，直飞上白鹿原顶更为开阔的天空。原坡是绿的，梯田和荒沟有麦子和青草覆盖，这是我的家园一年四季中最迷人最令我陶醉的季节，而今又有我养的四只白鸽在山原河川上空飞翔，这一刻，世界对我来说就是白鸽。

这一夜我失眠了，脑海里总是有两只白色的精灵在飞翔，早晨也就起来晚了。我猛然发现，屋脊上只有一双幼鸽。老白鸽呢？我不由得瞅瞄天空，不见踪迹，便想到它们大约是捕虫采食去了。直到乡村的早饭已过，仍然不见白鸽回归，我的心里竟然是惶惶不安。这当儿，舅父走进门来了。

“白鸽回老家了，天刚明时。”

我大为惊讶。昨天傍晚，老白鸽领着儿女初试翅膀飞上蓝天，今日一早就飞回老舅家去了。这就是说，在它们来到我家产卵孵蛋哺育幼鸽的整整两个多月里，始终也没有忘记老家故巢，或者说整个两个多月孵化哺育幼鸽的行为本身就是为了回归。我被这生灵深深地感动了，也放心了。我舒了一口气：“噢哟！回去了好。我还担心被鹰鹞抓去了呢！”

留下来的这两只白鸽的籍贯和出生地与我完全一致，我的家园也是它们的家园；它们更亲昵地甚至是随意地落到我的肩头和手臂，不单是为着抢啄玉米粒儿；我扬手发出手势，它们便心领神会从屋脊上起飞，在村庄、河川和原坡的上空，做出种种酣畅淋漓的飞行姿态，山岭、河川、村舍和古原似乎都舞蹈起来了。然而在我，却一次又一次地抑制不住发出吟诵：这才是属于我的白鸽！而那一对老白鸽嘛……毕竟是属于老舅的。我也因此有了一点点体验，你只能拥有你亲自培育的那一部分……

当我行走在历史烟云之中的一个又一个早晨和黄昏，当我陷入某种无端的无聊、无端的孤独的时候，眼前忽然会掠过我的白鸽的倩影，淤积着历史尘埃的胸脯里便透进一股活风。

直到惨烈的那一瞬，至今依然感到手中的这支笔都在颤抖。那是秋天的一个夕阳灿烂的傍晚，河川和原坡被果实累累的玉米棉花谷子和各种豆类覆盖着，人们也被即将到来的丰盈的收获鼓舞着，村巷和田野里泛溢着愉快喜悦的声浪。我的白鸽从河川上空飞过来，在接近西边邻村的村树时，转过一个大弯儿，就贴着古原的北坡绕向东来。两只白鸽先后停止了扇动着的翅膀，做出一种平行滑动的姿态。恰如两张洁白的纸页飘悠在蓝天上。正当我忘情于最轻松最舒悦的欣赏之中，一只黑色的幽灵从原坡的哪个角落里斜冲过来，直扑白鸽。白鸽惊慌失措地启动翅膀重新疾飞，然而晚了，那只飞在头前的白鸽被黑色幽灵俘掠而去。我眼睁睁地瞅着头顶天空所骤然爆发的这一场弱肉强食、侵略者和被屠杀者的搏杀……只觉眼前一片黑暗。当我再次眺望天空，唯见两根白色的羽毛飘然而落，我在坡地草丛中捡起，羽毛的根子上带着血痕，有一缕血腥气味。

侵略者是鹞子，这是家乡人的称谓，一种形体不大却十分凶残暴戾的鸟。

老屋屋脊上现在只有一只形单影孤的白鸽。它有时原地转圈，发出急切的连续不断的咕咕的叫声；有时飞起来又落下去，刚落下去又飞起来，似乎惊恐又似乎是焦躁不安；我无论怎样抛撒玉米粒儿，它都不屑一顾更不像往昔那样落到我肩上来。它是那只雌鸽，被鹞子残杀的那只是雄鸽。它们是兄妹也是夫妻，它的悲伤和孤清就是双重的了。

过了好多日子，白鸽终于跳落到我的肩头，我的心头竟然一热，立即想到它终于接受了那惨烈的一幕，也接受了痛苦的现实而终于平静了。我把它握在手里，光滑洁白的羽毛使人产生一种神圣的崇拜。然而正是这一刻，我决定把它送给邻家一位同样喜欢鸽子的贤，他养着一大群杂色信鸽，却没有白鸽。让我的白鸽和他那一群鸽子合帮结伙，可能更有利生存。再者，我实在不忍心看见它在屋脊上的那种孤单。

它还比较快地与那一群杂色鸽子合群了。

我看见一群灰鸽子在村庄上空飞翔，一眼就能辨出那只雪白的鸽子，欣慰我的举措的成功。

贤有一天告诉我，那只白鸽产卵了。

贤过了好多天又告诉我，孵出了两只白底黑斑的幼鸽。

我出了一趟远门回来，贤告诉我，那只白鸽丢失了。我立即想到它可能又被鹞子抓去了。贤提出来把那对杂交的白底黑斑的鸽子送我。我谢绝了。

又过了一些日子，失掉我的两只白鸽的情感波澜已经平静。老屋也早已复归平静，对我已不再具任何新奇和诱惑。我在写作的间隙里，到前院浇花除草，后院都不再去了。这一天，我在书桌前继续文字的行程，窗外传来了咕咕咕的鸽子的叫声，便摔下笔，直奔后院。在那根久置未用的木头上，卧着一只白鸽。是我的白鸽。

我走过去，它一动不动。我捉起它来，它的一条腿受伤了，是用细绳子勒伤了的。残留的那段细绳深深地陷进肿胀的流着脓血的腿杆里，我的心里抽搐起来。我找到剪刀剪断了绳子，发觉那条腿实际已经勒断了，只有一缕尚未腐烂的皮连接着。它的羽毛变成灰黄，头上黏着污黑的垢甲，腹部黏结着干涸的鸽粪，翅膀上黑一坨灰一坨，整个儿污脏得难以让人握在手心了。

我自然想到，这只丢失归来的白鸽是被什么人捉去了，还是遭了鹞子？它被人用绳子拴着，给自家的孩子当玩物？或者连他以及什么人都可以摸摸玩玩的？白鸽弄得这样脏兮兮的，不知有多少脏手抚弄过它，却根本不管不顾被细绳勒断了的腿。我在那一刻突然想到，它还不如它的丈夫被鹞子扑杀的结局。

我在太阳下为它洗澡，把由脏手弄到它羽毛上的脏洗濯干净，又给它的腿伤敷了消炎药膏，盼它伤愈，盼它重新发出羽毛的白色。然而它死了，在第二天早晨，在它出生的后墙上的那只纸箱里……

老猫

◎ 季羡林

老猫虎子蜷曲在玻璃窗外窗台上一个角落里，缩着脖子，眯着眼睛，浑身一片寂寞、凄清、孤独、无助的神情。

外面正下着小雨，雨丝一缕一缕地向下飘落，像是珍珠帘子。时令虽已是初秋，但是隔着雨帘，还能看到紧靠窗子的小土山上丛草依然碧绿，毫无要变黄的样子。在万绿丛中赫然露出一朵鲜艳的红花。古诗“万绿丛中一点红”，大概就是这般光景吧。这一朵小花如火似燃，照亮了浑茫的雨天。

我从小就喜爱小动物。同小动物在一起，别有一番滋味。它们天真无邪，率性而行；有吃抢吃，有喝抢喝；不会说谎，不会推诿；受到惩罚，忍痛挨打；一转眼间，照偷不误。同它们在一起，我心里感到怡然，坦然，安然，欣然；不像同人在一起那样，应对进退、谨小慎微，斟酌词句、保持距离，感到异常的别扭。

十四年前，我养的第一只猫，就是这个虎子。刚到我家来的时候，比老鼠大不了多少。蜷曲在窄狭的窗内窗台上，活动的空间好像富富有余。它并没有什么特点，仅只是一只最平常的狸猫，身上有虎皮斑纹，颜色不黑不黄，并不美观。但是异于常猫的地方也有，它有两只炯炯有神的眼睛，两眼一睁，还真虎虎有虎气，因此起名叫虎子。它脾气也确实暴烈如虎。它从来不怕任何人。谁要想打它，不管是用鸡毛掸子，还是用竹竿，它从不回避，而是向前进攻，声色俱厉。得罪过它的人，它永世不忘。我的外孙打过一次，从此结仇。只要他到我家来，隔着玻璃窗子，一见人影，它就做好准备，向前进攻，爪牙并举，吼声震耳。他没有办法，在家中走动，都要手持竹竿，以防万一，否则寸步难行。有一次，一位老同志来看我，他显然是非常喜欢猫的。一见虎子，嘴里连声说着："我身上有猫味，猫不会咬我的。"他伸手想去抚摩它，可万万没有想到，我们虎子不懂什么猫味，回头就是一口。这位老同志大惊失色。总之，到了后来，虎子无人不咬，只有我们家三个主人除外，它的"咬声"颇能耸人听闻了。

但是，要说这就是虎子的全面，那也是不正确的。除了暴烈咬人以外，它还有另外一面，这就是温柔敦厚的一面。我举一个小例子。虎子来我们家以后的第三年，我又要了一只小猫。这是一只混种的波斯猫，浑身雪白，毛很长，但在额头上有一小片黑黄相间的花纹。我们家人管这只猫叫洋猫，起名咪咪；虎子则被尊为土猫。这只猫的脾气同虎子完全相反：胆小、怕人，从来没有咬过人。只有在外面跑的时候，才露出一点野性。它只要有机会溜出大门，但见它长毛尾巴一摆，像一溜烟似的立即蹿入小山的树丛中，半天不回家。这两只猫并没有血缘关系。但是，不知道是出于什么原因，一进门，虎子就把咪咪看作是自己的亲生女儿。它自己本来没有什么奶，却坚决要给咪咪喂奶，把咪咪搂在怀里，让它咂自己的干奶头，它眯着眼睛，仿佛在享着天福。我在吃饭的时候，有时丢点儿鸡骨头、鱼刺，这等于猫们的燕窝、鱼翅。但是，虎子却只蹲在旁边，瞅着咪咪一只猫吃，从来不同它争食。有时还“咪噢”上两声，好像是在说：“吃吧，孩子！安安静静地吃吧！”有时候，不管是春夏还是秋冬，虎子会从西边的小山上逮一些小动物，麻雀、蚱蜢、蝉、蛐蛐之类，用嘴叼着，蹲在家门口，嘴里发出一种怪声。这是猫语，屋里的咪咪，不管是睡还是醒，耸耳一听，立即跑到门后，馋涎欲滴，等着吃母亲带来的佳肴，大快朵颐。我们家人看到这样母子亲爱的情景，都由衷地感动，一致把虎子称作“义猫”。有一年，小咪咪生了两个小猫。大概是初做母亲，没有经验，正如我们圣人所说的那样“未有学养子而后嫁者也”，人们能很快学会，而猫们则不行。咪咪丢下小猫不管，虎子却大忙特忙起来，觉不睡，饭不吃，日日夜夜把小猫搂在怀里。但小猫是要吃奶的，而奶正是虎子所缺的。于是小猫暴躁不安，虎子眉头一皱，计上心来，叼起小猫，到处追着咪咪，要它给小猫喂奶。还真像一个姥姥样子，但是小咪咪并不领情，依旧不给小猫喂奶。有几天的时间，虎子不吃不喝，瞪着两只闪闪发光的眼睛，嘴里叼着小猫，从这屋赶到那屋；一转眼又赶了回来。小猫大概真是受不了啦，便辞别了这个世界。

我看了这一出猫家庭里的悲剧又是喜剧，实在是爱莫能助，惋惜了很久。

我同虎子和咪咪都有深厚的感情。每天晚上，它们俩抢着到我床上去睡觉。在冬天，我在棉被上面特别铺上了一块布，供它们躺卧。我有时候半夜里醒来，神志一清醒，觉得有什么东西重重地压在我身上，一股暖气仿佛透过了两层棉被，扑到我的双腿上。我知道，小猫睡得正香，即使我的双腿由于僵卧时间过久，又酸又痛，但我总是强忍着，决不动一动双腿，免得惊了小猫的轻梦。它此时也许正梦着捉住了一只耗子。只要我的腿一动，它这耗子就吃不成了，岂非大煞风景吗？

这样过了几年，小咪咪大概有八九岁了。虎子比它大三岁，十一二岁的光景，依然威风凛凛，脾气暴烈如故，见人就咬，大有死不改悔的神气。而小咪咪则出我意料地露出了下世的光景，常常到处小便，桌子上，椅子上，沙发上，无处不便。如果到医院里去检查的话，大夫在列举的病情中一定会有一条的：小便失禁。最让我心烦的是，它偏偏看上了我桌子上的稿纸。我正写着什么文章，然而它却根本不管这一套，跳上去，屁股往下一蹲，一泡猫尿流在上面，还闪着微弱的光。说我不急，那不是真的。我心里真急，但是，我谨遵我的一条戒律：决不打小猫一掌，在任何情况之下，也不打它。此时，我赶快把稿纸拿起来，抖掉了上面的猫尿，等它自己干。心里又好气，又好笑，真是哭笑不得。家人对我的嘲笑，我置若罔闻，“全等秋风过耳边”。

我不信任何宗教，也不皈依任何神灵。但是，此时我却有点儿想迷信一下。我期望会有奇迹出现，让咪咪的病情好转。可世界上是没有什么奇迹的，咪咪的病一天一天地严重起来。它不想回家，喜欢在房外荷塘边上石头缝里待着，或者藏在小山的树木丛里。它再也不在夜里睡在我的被子上了。每当我半夜里醒来，觉得棉被上轻飘飘的，我惘然若有所失，甚至有点悲伤了。我每天凌晨起来，第一件事情就是拿着手电到房外塘边山上去找咪咪。它浑身雪白，是很容易找到的。在薄暗中，我眼前白白地一闪，我就知道是咪咪。见了我，“咪噢”一声，起身向我走来。我把它抱回家，给它东西吃，它似乎根本没有胃口。我看了直想流泪。有一次，我拖着疲惫的身子，走几里路，到海淀的肉店里去买猪肝和牛肉。拿回来，喂给咪咪，它一闻，似乎有点想吃的样子；但肉一沾唇，它立即又把头缩回去，闭上眼睛，不闻不问了。

有一天傍晚，我看咪咪神情很不妙，我预感要发生什么事情。我唤它，它不肯进屋。我把它抱到篱笆以内，窗台下面。我端来两只碗，一只盛吃的，一只盛水。我拍了拍它的脑袋，它偎依着我，“咪噢”叫了两声，便闭上了眼睛。我放心进屋睡觉。第二天凌晨，我一睁眼，三步并作一步，手里拿着手电，到外面去看。哎呀不好！两碗全在，猫影顿杳。我心里非常难过，说不出是什么滋味。我手持手电找遍了塘边，山上，树后，草丛，深沟，石缝。有时候，眼前白光一闪。“是咪咪！”我狂喜。走近一看，是一张白纸。我嗒然若丧，心头仿佛被挖掉了点什么。“屋前屋后搜之遍，几处茫茫皆不见。”从此我就失掉了咪咪，它从我的生命中消逝了，永远永远地消逝了。我简直像是失掉了一个好友，一个亲人。至今回想起来，我内心里还颤抖不止。

在我心情最沉重的时候，有一些通达世事的好心人告诉我，猫们有一种特殊的本领，能知道自己什么时候寿终。到了此时此刻，它们决不待在主人家里，让主人看到死猫，感到心烦，或感到悲伤。它们总是逃了出去，到一个最僻静、最难找的角落里，地沟里，山洞里，树丛里，等候最后时刻的到来。因此，养猫的人大都在家里看不见死猫的尸体。只要自己的猫老了，病了，出去几天不回来，他们就知道，它已经离开了人世，不让举行遗体告别的仪式，永远永远不再回来了。

我听了以后，憬然若有所悟。我不是哲学家，也不是宗教家，但却读过不少哲学家和宗教家谈论生死大事的文章。这些文章多半有非常精辟的见解，闪耀着智慧的光芒，我也想努力从中学习一些有关生死的真理。结果却是毫无所得。那些文章中，除了说教以外，几乎没有什么有用的东西。大半都是老生常谈，不能解决什么实际问题，没能给我留下深刻的印象。现在看来，倒是猫们临终时的所作所为，即使仅仅是出于本能吧，却给了我很大的启发。人们难道就不应该向猫们学习这一点经验吗？有生必有死，这是自然规律，谁都逃不过。中国历史上的赫赫有名的人物，秦皇、汉武，还有唐宗，想方设法，千方百计，想求得长生不老。到头来仍然是竹篮子打水一场空，只落得黄土一抔，“西风残照，汉家陵阙”。我辈平民百姓又何必煞费苦心呢？一个人早死几个小时，或者晚死几个小时，甚至几天，实在是无所谓的小事，绝影响不了地球的转动，社会的前进。再退一步想，现在有些思想开明的人士，不想长生不老，不想在大地上再留黄土一抔；甚至开明到不要遗体告别，不要开追悼会。但是仍会给后人留下一些麻烦：登报，发讣告，还要打电话四处通知，总得忙上一阵。何不学一学猫们呢？它们这样处理生死大事，干得何等干净利索呀！一点儿痕迹也不留，走了，走了，永远地走了，让这花花世界的人们不见猫尸，用不着落泪，照旧做着花花世界的梦。

我忽然联想到我多次看过的敦煌壁画上的西方净土。所谓“净土”，指的就是我们常说的天堂、乐园，是许多宗教信徒烧香念佛，查经祷告，甚至实行苦行，折磨自己，梦寐以求想到达的地方。据说在那里可以享受天福，得到人世间万万得不到的快乐。我看了壁画上画的房子、街道、树木、花草，以及大人、小孩，林林总总，觉得十分热闹。可我觉得没有什么出奇之处。只有一件事给我留下了永不磨灭的印象，那就是，那里的人们都是笑口常开，没有一个人愁眉苦脸，他们的日子大概过得都很惬意。不像在我们人间有这样许多不如意的事情，有时候办点事，还要找后门，钻空子。在他们的商店里——净土里面还实行市场经济吗？他们还用得着商店吗？——售货员大概都很和气，不给人白眼，不训斥“上帝”，不扎堆闲侃，不给人钉子碰。这样的天堂乐园，我也真是心向往之的。但是给我印象最深，使我最为吃惊或者羡慕的还是他们对待要死的人的态度。那里的人，大概同人世间的猫们差不多，能预先知道自己寿终的时刻。到了此时，要死的老嬷嬷或者老头儿，健步如飞地走在前面，身后簇拥着自己的子子孙孙、至亲好友，个个喜笑颜开，全无悲戚的神态，仿佛是去参加什么喜事一般，一直把老人送进坟墓。后事如何，壁画不是电影，是不能动的。然而画到这个程序，以后的事尽在不言中。如果一定要画上填土封坟，反而似乎是多此一举了。我觉得，净土中的人们给我们人类争了光。他们这一手比猫们又漂亮多了。知道必死，而又兴高采烈，多么豁达！多么聪明！猫们能做得到吗？这证明，净土里的人们真正参透了人生奥秘，真正参透了自然规律。人为万物之灵，他们为我们人类在同猫们对比之下真真增了光！真不愧是净土！

上面我胡思乱想得太远了，还是回到我们人世间来吧。我坦白承认，我对人生的奥秘参透得还不够，我对自然规律参透得也还不够。我仍然十分怀念我的咪咪。我心里仿佛有一个空白，非填起来不行。我一定要找一只同咪咪一模一样的白色波斯猫。后来果然朋友又送来了一只，浑身长毛，洁白如雪，两只眼睛全是绿的，亮晶晶像两块绿宝石。为了纪念死去的咪咪，我仍然为它命名“咪咪”，见了它，就像见到老咪咪一样。过了大约又有一年的光景，友人又送了我一只据说是纯种的波斯猫，两只眼睛颜色不同，一黄一蓝。在太阳光下，黄的特别黄，蓝的特别蓝，像两颗黄蓝宝石，闪闪发光，竞妍争艳。这只猫特别调皮，简直是胆大无边，然而也因此就更特别可爱。这一下子又忙坏了虎子，它认为这两只小猫都是自己的亲生女儿，硬逼着它们吮吸自己那干瘪的奶头。只要它走出去，不知在什么地方弄到了小鸟、蚱蜢之类，就带回家来，给两只小猫吃。好久没有听到的“咪噢”唤小猫的声音，现在又听到了。我心里漾起了一丝丝甜意。这大大地减轻了我对老咪咪的怀念。

可是岁月不饶人，也不会饶猫的。这一只“土猫”虎子已经活到十四岁。据通达世情的人们说，猫的十四岁，就等于人的八九十岁。这样一来，我自己不是成了虎子的同龄“人”了吗？这个虎子却也真怪。有时候，颇现出一些老相。两只炯炯有神的眼睛里忽然被一层薄膜蒙了起来；嘴里流出了哈喇子，胡子上都沾得亮晶晶的；不大想往屋里来，日日夜夜趴在阳台上蜂窝煤堆上，不吃，不喝。我有了老咪咪的经验，知道它快不行了。我也跑到海淀，去买来牛肉和猪肝，想让它不要饿着肚子离开这个世界。我随时准备着：第二天早晨一睁眼，虎子不见了。结果虎子并没有这样干。我天天凌晨第一件事就是来看虎子；隔着窗子，依然黑乎乎的一团，卧在那里。我心里感到安慰。有时候，它也起来走动了。我在本文开头时写的就是去年深秋一个下雨天我隔窗看到的虎子的情况。

到了今天，半年又过去了。虎子不但没有走，而且顽健胜昔，仍然是天天出去。有时候在晚上，窗外的布帘子的一角蓦地被掀了起来，一个丑角似的三花脸一闪。我便知道，这是虎子回来了，连忙开门，放它进来。大概同某一些老年人一样——不是所有的老年人——到了暮年就改恶向善，虎子的脾气大大地改变了。几乎再也不咬人了。我早晨摸黑起床，写作看书累了，常常到门外湖边山下去走一走。此时，我冷不防脚下忽然踢着了一团软乎乎的东西。这是虎子。它在夜里不知道在什么地方待了一夜，现在看到了我，一下子蹿了出来，用身子蹭我的腿，在我身前和身后转悠。它跟着我，亦步亦趋，我走到哪里，它就跟到哪里，寸步不离。我有时故意爬上小山，以为它不会跟来了，然而一回头，虎子正跟在身后。猫是从来不跟人散步的，只有狗才这样干。有时候碰到过路的人，他们见了这情景，都大为吃惊。“你看猫跟着主人散步哩！”他们说，露出满脸惊奇的神色。最近一个时期，虎子似乎更精力旺盛了，它返老还童了。有时候竟带一个它重孙辈的小公猫到我们家阳台上来。“今夜我们相识。”虎子用不着介绍就相识了。看样子，虎子一去不复返的日子遥遥无期了。我成了拥有三只猫的家庭的主人。

我养了十几年猫，前后共有四只。猫们向人们学习什么，我不通猫语，无法询问。我作为一个人却确实向猫学习了一些有用的东西。上面讲过的处理死亡的办法，就是一个例子。我自己毕竟年纪已经很大了，常常想到死的问题。鲁迅五十多岁就想到了，我真是瞠乎后矣。人生必有死，这是无法抗御的。而且我还认为，死也是好事情。如果世界上的人都不死，连我们的轩辕老祖和孔老夫子今天依然峨冠博带，坐着奔驰车，到天安门去遛弯儿，你想人类世界会成一个什么样子！人是百代的过客，总是要走过去的，这绝不会影响地球的转动和人类社会的进步。每一代人都只是一场没有终点的长途接力赛的一环。前不见古人，后不见来者，是宇宙常规。人老了要死，像在净土里那样，应该算是一件喜事。老人跑完了自己的一棒，把棒交给后人，自己要休息了，这是正常的。不管快慢，他们总算跑完了一棒，总算对人类的进步做出了贡献，总算尽上了自己的天职。年老了要退休，这是身体精神状况所决定的，不是哪个人能改变的。老人们会不会感到寂寞呢？我认为，会的。但是我却觉得，这寂寞是顺乎自然的，从伦理的高度来看，甚至是应该的。我始终主张，老年人应该为青年人活着，而不是相反。青年人有接力棒在手，世界是他们的，未来是他们的，希望是他们的。吾辈老年人的天职是尽上自己仅存的精力，帮助他们前进，必要时要躺在地上，让他们踏着自己的躯体前进，前进。如果由于害怕寂寞而学习《红楼梦》里的贾母，让一家人都围着自己转，这不但是办不到的，而且从人类前途利益来看是犯罪的行为。我说这些话，也许有人怀疑，我是不是碰到了什么不如意的事，才说出这样令某些人骇怪的话来。不，不，绝不。我现在身体顽健，家庭和睦，在社会上广有朋友，每天照样读书、写作、会客、开会不辍。我没有不如意的事情，也没有感到寂寞。不过自己毕竟已逾耄耋之年，面前的路有限了，不免有时候胡思乱想。而且，我同猫们相处久了，觉得它们有些东西确实值得我们学习，我们这些万物之灵应该屈尊一下，学习学习。即使只学到猫们处理死亡大事这一手，我们社会上会减少多少麻烦呀！

“那么，你是不是准备学习呢？”我仿佛听到有人这样质问了。

是的，我心里是想学习的。不过也还有些困难。我没有猫的本能，我不知道自己的大限何时来到。而且我还有点担心，如果我真正学习了猫，有一天忽然偷偷地溜出了家门，到一个旮旯里、树丛里、山洞里、河沟里，一头钻进去，藏了起来，这样一来，我们人类社会可不像猫社会那样平静，有些人必然认为这是特大新闻，指手画脚，嘁嘁喳喳。如果是在旧社会里或者在今天的香港等地的话，这必将成为头版头条的爆炸性新闻，不亚于当年的杨乃武和小白菜。我的亲属和朋友也必将派人出去寻找，派的人也许比寻找彭加木的人还要多。这是多么可怕的事呀！因此我就迟疑起来。至于最后究竟何去何从？我正在考虑、推敲、研究。

蝉

◎ 李广田

太寂静，静得古怪，好像人已不在这个天地间了。偶尔听到一阵鸽笛，但并非鸽笛，只是碧落之下的一发自然之声罢了，人听了，依然感到寂静。“今日天气好，清吹与鸣蝉”，这个境界很可爱。“感彼柏下人，……”则与我无干。但在这么一个寂静中，听了鸽笛，我却真在怀念着鸣蝉。

有些人嫌恶蝉声，嫌它聒噪，且有人问，它究竟是为了什么呢，从早到晚地老是那么噪个不休不了？它为了什么而聒噪，就连我也不甚知道，但我却确实有点喜欢蝉鸣。初夏雨霁，当最先听到从绿荫深处鸣来的几句蝉声时，是常有一种清新愉悦之感的，觉得这便是“夏的信息”了。而且那尚欠流畅的最初的鸣声，像刚在练习着试调似的，听来别有意趣。到了盛夏，当然是蝉的黄金时代了。愈是大雨之后，蝉愈多，愈是太阳灼热的时候，它们也唱得愈狂。而这时候，我对于蝉也就更加觉得喜欢了。

有人说，“自然之声便是诗”，这话固然有些神秘，但我却很喜欢这话，因为我正喜欢一切的自然之声。霹雳震天，诚也有点可怕，但试想狂风暴雨而无雷霆，岂不也是一个缺憾吗？而荒村茅舍，五更闻鸡，则即使住在都市里面的人，有时大概也会想起这个吧。

“以鸟鸣春”，促织则鸣秋，而鸣夏者，我以为当以蝉为首选。盛夏之日，人们都热得没处可逃，而蝉则假一树之荫，而自有其清凉世界，无怪它在炎天之下也能引吭而高歌了。而尤其是当正午前后，人们都热得想睡，而正因为太热，想睡却又睡不得，这时候，一切声息便都被热气所窒，没有被窒的，只有蝉声而已。而蝉的声息，却又和着另一种声息，这声息我名之曰“热的声息”。记得在什么人的小说里，曾经描写过夏天的原野，说有一只什么虫在野地里飞着，它想唱，但太热了，唱不得，遍野里响着热的声息，humming，humming，到处是 humming，这 humming 弄得那虫儿想睡了。太阳的热力，像下得很匀的大雨似的，用了全力向大地灌注，向到处倾泻，而这 humming，大概就是那大雨的倾泻声了吧。这是一支夏的欢奏曲，而蝉的鸣声则作了这曲的最高音。这曲，尤其是蝉声，使人听了觉得寂静，静得古怪，好像人已不在这个天地之间了。那是蝉声，然而人会忘记了那是蝉声，而只以为那只是炎天下的一发自然之声而已。

像鸽笛之于清秋，蝉声之于炎夏，也是最和谐不过的了。

我喜欢蝉，并不只为了它能鸣。蝉的生活，也很能引起我的兴趣。小时候住在乡下，是和蝉最有缘法的。

乡下人对于蝉的出生，据我所知道的，有两种说法。有人说，蝉的幼虫是从“屎壳郎”变来的。屎壳郎是一种很可笑的甲虫，色黑，能飞。一种较大的如枣，生在土里，但一嗅到地面上有人畜的遗粪气息时，便从土里钻出来，因为这虫的嗅觉是特别敏锐的。有时，它也会飞到人们的家屋里，嗡嗡地绕着灯火狂飞。另一种，形体较小，也是在粪里生活。每当秋后，便常见它们在野道上做滚粪球的游戏。两个屎壳郎同滚一个栗子似的粪球儿，把粪球滚得浑圆浑圆，也不知道那用意究竟何在。有人说，也许那便是它们的性生活，说不定那粪球里面就有着它们新生的幼虫。总之，这两种屎壳郎都是很脏的。因为蝉的幼虫也是出自地中，而在形状上与这两种虫又有些相似，于是有人便以为蝉是屎壳郎的后身了。

另一种说法，则以为蝉有蝉的卵子和幼虫，绝不是从什么别的虫类变化而来。秋天以后，我们常看见树枝的嫩梢——尤其是桃树——有些是先已枯死了的，折开看时，则见死枝里面有一种卵子，白，小，状如虮，据说那便是蝉的卵子。据说直到明年春天，雷鸣惊蛰时，这卵子便被春雷震落，又深深地钻在土里了。所以蝉的幼虫，又名为“雷震子”。春天来，是“出树”的时候了，须掘地五六尺深，才能将树根掘出，把树身放倒。就在这掘树的深穴中，常常有一种幼虫可以被发现，颜色嫩而白，因为落地的久暂不一，形体的大小也不同，头尾蜷曲着，像一个小小的胎儿。那便是蝉的幼虫。到夏天，有的幼虫已经长成，大雨之后，便常见有手指样粗细的洞穴，在树林下，在野道边，幼虫于傍晚时从这种洞穴里钻出，既又寻到了树株攀缘，一直升到树身的高处，在一夜之间，便已脱壳而为蝉。清晨早起的人，还可以看见有刚才出壳的新蝉伏在它的壳背上，颜色是白的，翅子的边缘则稍带绿色。等太阳上升了，蝉由白色而变为黑色，便成为能飞的蝉，而且是能鸣的蝉了。

从这样的过程看来，蝉岂不是一种极洁净的虫，似乎与那被误认为是蝉的先代的壳郎君，的确是毫无关系的了。因雷震而落地，在地下潜养了很久很久，到重来此世时，却又脱壳升天，这时，彼乃餐风饮露，登高赋诗，我的乡里人们，常把蝉的幼虫呼作“神仙”，的确也是很有道理的。其余如把它呼作“蛸蝉由”“蛸蝉狗”之类，却都不见佳。又，中国药书中称蝉壳或蝉蜕为“金牛壳”，大概蝉的幼虫也可以称作金牛吧，因为它身上原是披挂了金甲的。然而这个名称也依然没有“神仙”二字好，我以为。

虽然我自己并未吃过，据说蝉的幼虫却是可以炒食的。所以每到夏天的傍晚，孩子们往往成群结队地到树林里或野道旁边去摸“神仙”。有时，“神仙”已爬到树上去了，便用了长竿去打取。有时它却正在地上爬行，找寻可以攀缘的东西，孩子们便随地将它们捉起，不是捉，那简直是拾，因为“神仙”们并不机警，见有人来捉它们，却也并不知道设法逃跑的。此外更有些孩子是很乖觉的，当“神仙”尚未出土时，他便用手指把它从地里挖出，因为“神仙”出土的地方，据说却早已有着一个很小很小的洞口。固然，捉了“神仙”回家，是要预备佐膳的了，但有时，也可以把“神仙”们放在蚊帐里，一夜之后，蚊帐里便到处有着已经脱壳的蝉在那儿来来往往地爬着了。

“神仙”虽已经脱壳升天，有时却也难逃过孩子们的恶作剧。据说南方的小孩常用胶类黏蝉，我却未之见过。我所知道的是套蝉。方法是在长竿的一端用一丝马尾或马鬃结作活结，冷不防，把活结向蝉首上一套，蝉正要飞起，却已经给活结拴得紧紧的了。在这当儿，蝉是很窘的。

“神仙”出土的愈多了，树枝上有蝉壳也就愈多。孩子们常常带了长竿，携了竹篮，到树林里面去拾“神仙皮”。“神仙”的皮原来也可以成为一种货物。夏天将近完结的时候，便有人担了很大的席篓，到各村里收买蝉壳。“买神仙皮呀，买神仙皮呀”，这样地呼喊着。此外也有担了泥人、芦笛、刀竹，或针线火柴之类的东西来交换蝉壳的，这便更是小孩们所喜欢做的交易了。他们也都知道，“神仙”皮被收买了去，是用来配制眼药或配制金颜料等物事的。

然而蝉却到底是夏天的虫，春天刚去，便可听到蝉的清唱，而秋天刚来，蝉声也就渐渐地休止下去了。在秋天，我们常见有已死的蝉，且已是遍体生霉，由黑色几乎变成了青苔色的，却仿佛还在做着它们炎夏的好梦似的，依然在那里紧抱着一节已经凋敝了的木末。而这样的寂灭，却也还算得起是一种和平的归结。另外有一种归结，却往往给秋景秋声作了可哀的陪衬，那便是当凄风冷雨时，却犹有唱不成调的蝉在鸣，而有时，却更可以听到一只垂毙的蝉为西风所吹，于是竟啪嗒一声从树上落了下来，跌在地上，却还在努力着想飞，想爬，也许还在努力着想唱吧，而事实，却只有追随了落叶乱转几个圈子，然后才歇在什么地方，这才完事了。人们在这时候，便知道时令是已经到了深秋了。

这里我想谈起另外一种蝉。那一种，比较可以多活几天，却正因为它出生也较晚。它们形体较小，脊背及翅叶上均有花纹，名称是因了鸣声而得，叫“知了”。不过也有称作“暑了”的，大概就是指言暑天已了的意思吧。唱了最初的夏的消息的，是蝉，而知了，则也可以说是秋的消息的歌者了。乡里有歌曰：

知了知了。

四十天要棉袄。

据云，自听了知了鸣声的四十天以后，天气变寒，是应当改穿棉袄的时候了。我也很爱在凄静的秋的黄昏里，细听那一起一歇的知了的鸣声。

群狗

◎ 孙了红

从小我就喜欢养狗，在我十二三岁的时候，最多我曾养过四只狗。狗的食量也相当大，一只哈巴狗的食量，至少要超过一个三四岁的孩子。那个时候物价贱，我的家境也很好，所以一养就养了四只小哈巴。换了现在，拖着一支害肺病的笔，无论如何，也写不出四只狗的粮食来，所以直到现在，我虽一直很喜欢狗，为了没有钱，我只能眼看这些摇尾巴的生物，专门向别人摇尾巴。

那时我所养的四只小哈巴，其中的两只，我已记不清它们的样子。只记得另外两只，一只是黑白色的，一只是黄白色的。这黄白色的一只先到我家，家里的人替它取了一个名字叫作来富。我们中国人喜欢吉利，人的大号，常常用荣华富贵，替狗取名字，也离不了这个调子。这一只来富，腿特别矮，走路东一拐西一歪，非常有趣。它像一个女孩子一样，顽皮的时节顽皮得厉害；可是看见了生人，却又十分怕羞，时常悄悄躲在身边，一点声音都没有。另外那只黑白色的，是一个英国人送给我们的，原来有个名字叫作保罗。这是个教名，我不知道它是否信仰上帝。它来的时候，颈子里就缚着一个很漂亮的圈，像是戴着领圈，给人一种穿洋装的印象。这只小保罗，有一种挺怪僻的脾气，看见衣服穿得不十分好的人，它倒并不狂吠乱咬，只用一种严肃的眼光，注视那个人，表示它的厌恶。那时我们家里开着一个钟表店，店里常有华贵的小姐们出进，这小东西却专喜欢对她们摇尾巴。那时我家的人常常笑着说：这只洋装小狗的尾巴，倒好像专为那些漂亮小姐而生的。直到如今，我一想起这一只狗，同时也会想起我的朋友某君，我不知道这种联想是如何发生的。

那时我真喜欢这四只狗，差不多是形影不离，到晚上我就让它们同睡在我的小铁床上，人和狗挤在一起。为了这件事，我常常受到父母严厉的呵责，可是我不听话，那四只狗也不听话，大人们把它们从床上驱走，不是我把其中一只抱上了床，就是它们其中有一两只跳了上来；一只跳上来，大队也就跟之而来，结果，依然挤满了一床。大人弄得没法，只能督促用人多给它们洗澡，洗完澡，还替它们洒上一些香水，索性让它们睡在我的床上。

后来我到民立中学去读书，寄宿在学校里，到星期六才能回家。

我每次回家，这四只狗一听到我的声音，简直像四条狼那样从门里射出来来欢迎我，那种疯狂的高兴，使我无法形容。它们简直是从四面八方包围上来向我冲锋。跳得高的蹿过了我的头，有的狂伸着舌头想舐我的脸。它们这样高兴，为的是我一到家，它们又能受到饮食上的优待，至少在晚上又有温软的床铺可睡。人想享受狗也想享受，它们的高兴，原是不为无因的。

以后这四只小狗，死的死了，走失的走失了，记得还有两只，那是由亲友们强讨去的。而从那时候起，我家的景况，也一天不如一天，我们把花园房子卖掉了，店也盘给了别人，我们的房屋越住越小，从此不再有豢养四只狗的环境，而我也从此有很长的时间不再养狗。记得最初第一只狗，我们替它取名“来富”，在它来的时候，我们果然过着富裕的生活，来富一去，我们的富裕的生活也随之而去。怪不得我们中国人，随时随地要讨吉利。

我在十九岁的时候，我们的家，搬到了火车站边的升顺里。有一个傍晚，偶然在弄堂里散步，那时忽有一个小狗，不知道是看错了人还是什么，竟在我的身后跟了过来。我走，它也走，我停，它在我身前身后摇尾打转。我是一个喜欢狗的人，不禁吹吹嘴唇引逗着它，它也格外向我表示亲热。等我回家，它竟一直跟到了我的家门口。那只狗的毛片，很不讨人欢喜，淡黄的颜色之中带点灰色，粗看像在泥堆里面打过一个滚，其实是天生的这样的毛片。它的面貌尤其难看：嘴巴尖得讨厌，完全像是一只草狗。可是说它是草狗，它的腿却很短，耳朵也垂着，又像是哈巴狗的种。总之，这是一只太难看的变种狗。我因为它的长相不讨人欢喜，觉得把它带回了家，家里人一定不欢迎，第一个我母亲先要说话。而且，我看这只小狗，一条极尖的尾巴，被剪成了竹节的样子，可见一定有人家养着的。我自己养的狗，怕被人家偷走，人家养的狗，我也不愿意无端把它拐带回来。所以我在进门的时候，用脚尖轻轻抵着它，嘴里也做着驱逐的声音，不让它跟进门口。哪知我虽尽力把它驱走，它却尽力把它的身子，从我脚边硬挤过来，好容易把它驱出去，关上了门，它却只在门外狺狺地低吠，表示非进来不可，我听着觉得不忍，终于又开门把它放了进来。

果然，我把这只难看的小狗收留下来后，家里的人都纷纷向我说话，他们讥笑我说：唯有你这难看的人，才会要这难看的狗。我母亲说我弄不出好事情来，不知从哪一处垃圾堆里，捡到这样的一只小狗。可是他们也说它难看，我也嫌它讨厌，但这只小狗，却有一处特异的地方，以前我曾养过好几只狗，我也抚弄过许多别人养的狗，我可从来没有一次看到过一只狗的毛片有这样的柔软。这小狗的身上，简直像是穿着绒大衣，又像裹着一重天鹅绒，摸到手上，有一种说不出的温暖的感觉。除此以外，这小狗还特别善解人意，它知道我们家的人全都不欢迎它，每逢走过别人的身前时，它老是抬起可怜的眼色，向人家的脸上看着。它的态度又斯文，又小心，直等走到了我的身前，方始像一个顽皮孩子躲过了老师的眼，样子顿时变得活泼，脚步也开始放纵起来。有时它在我的身前乱纵乱跳，我常常故意用呵斥顽皮小孩的声气，呵斥它说：你这样讨厌，他们马上要把你赶走，让你没有饭吃了，还不赶快到椅子底下去躲着！说的时候，我用脚尖指指椅下，它就依着我的指示，乖乖地到椅子底下悄然躲起来，在椅下躲得太久的时候，它会伸出头来，呜呜地叫一声，意思好像说：我可以出来了吗？只要我重重地向它哼一声，它就来不及地再把它的尖嘴缩回到椅子下。记得那时是冷天，我常常脱掉了鞋，把脚轻轻踏在它的身上，只觉得它的又肥又软的身子，暖烘烘的，像是一个热水袋。——这一只狗，我们从它的颜色上给了它一个姓，就叫它阿黄。

那时候，这一只可怜的小狗总算在我竭力推荐之下，在我家豢养了两三个月。可是终于因我家的屋子太小，母亲又不欢喜养狗，有一次，家里人乘我不在，他们用了一个蒲包，把它装了起来，从火车上把它带到了吴淞，而将它放走。却哄骗我说，是它自己走失的。那时我虽已非常喜欢这只狗，但因它是自己走失的，也就感到无可奈何。不料这一只可怜的生物，只被放走了一夜，到第二天就找回了家。它回来的时候，我当然十分喜悦，而它的那种疯狂的高兴，也使我无法形容，它大声地叫，像告诉我，它几乎不能和我再见。它又呜呜小吠，仿佛向我诉说：它是受到了说不出的欺侮。可怜！这小生物也有着像人类一样的悲欢的情感，只是无法说出它的情感罢了。后来我方知道它是被放到了吴淞，从那条迢迢的长途上孤零零地摸索回来的。一只小狗，能从三十六里路之外找回它的家，这不能不说是一个奇迹。从此我便格外爱怜着它。

又有一次，那时候我家已迁移到了吴淞，和外祖父同居。这一次我的家人把这小狗，从舢板上带过了三里路阔的吴淞江，就把它抛弃在江东的岸滩上，他们依旧抄袭旧文，说是阿黄又走失了。可是我因上一次的事，再也不受他们的欺骗。于是我为了这只小狗，和家里人吵了一次空前未有的大架。我乱叫乱跳，乱摔着东西，我要他们赔偿我这只心爱的小狗，我想这小东西被抛弃在外，从此无家可归，也许就会饿死，甚至被人杀掉吃掉。人，多数是残忍的，什么事情做不出来？想到这里，我格外难受，也就格外吵得厉害。至此，我家里的人方始后悔，不该放走这狗引起这一场不可收拾的是非。正在闹得一天星斗的时候，不料，那只狗在上午放走的，到下午，竟又水淋淋地乱蹦了回来，那时的情形，我想任何人看到了也要受到感动：它不顾三七二十一，就把湿做一团的身子，一跳就跳到我的身上，又吐出舌头，乱舐着我的脸。总之，我简直无法说明它的高兴。这样三番两次的跳跃，它身上的水渍，一半已分润到我的身上，人与狗都湿成一片。家里人是看着又好气，又好笑，可是他们也不再阻止这可怜的生物，在我身上跳上跳下。

后来我方打听出，这只狗是怎样渡过了这三里阔的吴淞江面而找回家来的。原来，它在江东岸上，泅过了一段浅滩，跳上了一只小舢板，在舢板的一角里，水淋淋觳觫作一堆，不时还可怜地看着那些舢板上的人，像恳求他们不要把它驱走。那个摇舢板的人，根本不知道这只狗是哪里来的，也许，他误认为这是舢板中的乘客带来的，因此没有把它赶走。等到舢板要靠岸，它又一跃下去，再从水里泅到岸上，一跃上岸而逃回了家里。原来我外祖父家吃的是水面上的饭，和舢板上的人都认识，这情形是他们亲口告诉我的。我在听到这个情形的时候，忍不住又把这可怜的小狗抱在怀里，吻着它的难看的尖嘴。我记起在我们同类之中，好像还没有遇见过这样热情的一个，我的心里有点难受，我的热泪几乎滴到了这小东西的温软的毛片上。

一九四七年三月

秋菊有佳色

◎ 周瘦鹃

秋菊有佳色，挹露掇其英。

这是晋代高士陶渊明诗中的名句，与“采菊东篱下，悠然见南山”同为千古所传诵，一方面也就使他成了一位热爱菊花的代表人物。后来民间奉他为九月花神，就为了他爱菊之故。据说他所爱赏的一种菊花，名九华菊。他曾说秋菊盈园，而诗集中仅存九华之一名。此菊越中呼之为“大笑”，白瓣黄心，花头极大，有阔及二寸四五分的，枝叶疏散，香也清胜，九月半开放，在白菊中推为第一。有一次，渊明因九月九日没有酒赏重阳，只枯坐在宅边菊花丛中，采了一大把菊花欣赏着。一会儿望见白衣人到，乃是江州刺史王弘送酒来了，即便欣然就酌，而以菊花为下酒物，也足见他的闲情逸致了。记得一九五一年秋间公园开菊展，我也有盆菊和盆景参加。就中有一个盆景，以渊明为题材，用含蕊的黄色满天星，种在一只椭圆形的系砂浅盆里，东面一角用细紫竹做成方眼的矮篱，安放一个广窑的老叟坐像，把卷看菊，作为陶渊明，标名“赏菊东篱”。一九五三年秋间，我又参加拙政园的菊展，在一个种着两棵小松的盆景里，再种了一株含苞未放的小黄菊，松下也安放了一个老叟的坐像，标名“松菊犹存”。这两个盆景，都借重他老人家作为题材，博得了观众的好评。

我国之有菊花，历史最为悠久，算来已有二三千年了。《礼记·月令》，曾有“季秋之月，鞠有黄华”之句，大概那时有黄菊一种，不像现在这样十色五光，应有尽有。到了战国时代，爱国诗人屈原的楚辞中，曾有“夕餐秋菊之落英”的名句。为了这一句，后人聚讼纷纭，以为菊花只会干，不会落，怎么说是落英？其实屈大夫并没有错，落，始也，落英就是说初开的花，色香味都好，确实可吃。

一般人都以为重阳可以赏菊，古人诗文中，也常有重阳赏菊的记载。然而据我的经验，每年逢到重阳节，往往无菊可赏，总要延迟到十月。宋代诗人苏东坡也曾经说，岭南气候不常，他原以为菊花开时即重阳，因此在海南种菊九畹，不料到了仲冬方才开放，于是只得挨到十一月十五日，方置酒宴客，补作“重九会”。

明太祖朱元璋，曾有一首菊花诗：

百花发，我不发；我若发，都骇煞。

要与西风战一场，遍身穿就黄金甲。

就咏菊来说，那倒把菊花坚强的斗争精神，全都表达了出来。

明代名儒陆平泉初入史馆时，因事和同馆诸人去见宰相严嵩。大家争先恐后挤上前去献媚，陆却退让在后面，不屑和他们争竞。那时他恰见庭中陈列着许多盆菊，就冷冷地说道：“诸君且从容一些，不要挤坏了陶渊明！”语中有刺，十分隽妙；大家听了，都面有愧色。

宋高宗时，宫廷中有一位善歌善舞的菊夫人，号“菊部头”，后来不知怎的，称病告归。太监陈源用厚礼聘请了去，把她留在西湖的别墅里，以供耳目之娱。有一天宫廷有歌舞，表演不称帝旨，提举官开礼启奏道：“这个非菊部头不可。”于是重新把菊夫人召了进去，从此不出。陈源伤感之余，几乎病倒。有人作了曲献给他，名《菊花新》，陈大喜，将田宅金帛相报。后来陈每听此曲，总是感动得落泪，不久就死了。“菊部头”三字，现在往往用作京剧名艺人的代名词。

古今来歌颂菊花的诗文词赋实在太多了，举不胜举。我却单单欣赏宋末爱国者郑所南《铁函心史》中两首诗，真的是诗如其人，不同凡俗。一首是菊花歌，中有句云：“万木摇落百草死，正色与秋争光明；背时独立抱寂寞，心香贞烈透寥廓。”一首是餐菊花歌，有“道人四时花为粮，骨生灵气身吐香。闻到菊花大欢喜，拍手笑歌频癫狂……尘尘劫劫黄金身，永救婆娑众生苦”等句，意义深长，浑不辨是咏菊花还是咏他自己。晚节黄花，得了这位铁骨嶙峋的爱国者一唱三叹，更觉生色不少。

我藏有一张上海故名画家王一亭所画的册页，画中有黄菊盆栽，高高地供在竹架上，一老者坐在矮几旁，持螯饮酒，意态很为悠闲，真是一幅绝妙的持螯赏菊图。原来菊花开放时，正是秋高蟹肥的季节，旧时一般文人，往往要邀一二知友，边看菊边吃蟹的。昔人小简中，如明代王伯谷寄孙汝师云：“江上黄花灿若金，蟹匡大于斗，山气日夕佳，树如沐，翠色满眼，顾安得与足下箕踞拍浮乎？”张孟雨与友乞菊云：“空斋如水，不点缀东篱秋色，彭泽笑人。乞移一二种，微香披座，落英可餐，当拉柴桑君持螯常之地。”这里都是把菊花和蟹联系在一起的。

菊花中香气最可爱的，要算梨香菊，要是把手掌覆在花朵上嗅一嗅，就可闻到一种甜香，活像是天津的雅梨。据说最初发现时，还在清代同治、光绪年间，不知由哪一个大官进贡于西太后。太后大为爱赏，后来赏了一本给南通张謇。张家的园丁偷偷地分种出卖，就流传出去，几乎到处都有了。花作白色，品种并不高贵，所可爱的，就是那一股雅梨般的甜香罢了。

在菊花时节，我怀念一位北京种菊的专家刘契园先生。他正在孜孜不倦地保存旧种，培养新种，近年来他又采用了短日照培植法，使菊花提前一个月到两个月开放，人家的菊花正在含蕊，而他的园地上已有一部分盆菊早就怒放了。

我与刘先生虽未识面，却是神交已久。他曾托苏州老诗人张松身前辈向我征诗，我胡诌了七绝两首寄去，有“松菊为朋心似月，悬知彭泽是前身。黄金万镒何须计，菊有黄花便不贫”等句。刘先生得诗之后，很为高兴，回信说倘有机会，要把他的菊种相报。我对于他老人家的种种名菊，早就心向往之了，只是从未见过，真是时切相思；如今听说要将菊种见赐，怎么不大喜过望呢？可是地北天南，寄递不便，只好望眼欲穿地期待着。一九五六年夏苏州公园的花工濮根福同志，恰好到首都去出席全国先进生产者代表大会，我就写了封信托他带去，向刘先生道候，并婉转地说我老是在想望他的“老圃秋容”。

大会结束后，濮同志回到苏州来了，说曾见过了刘老先生，并带来了菊种六十个，共三十种，分作两份：一份赠予苏州市园林管理处，一份是赠予我的。我拜领之下，欣喜已极，就托濮同志代为培植。刘先生还开了一个名单给我，有“碧蕊玲珑”“金凤含珠”“霜里婵娟”“杏花春雨”“天孙织锦”“银河长泻”“霓裳仙舞”“武陵春色”“紫龙卧雪”，等等，都是富有诗意的名称。我一个个吟味着，又瞧着那六十个绿油油的脚芽，恨不得立刻看它们开出五色缤纷的好花来。经了濮同志几个月的辛苦培养，六十个芽全都发了叶，含了蕊，末了完全开放，真是丰富多彩，使小园中生色不少。我为了急于参加上海中山公园的菊展，就先取一本半开的黄菊，翻种在一只古铜的三元鼎里，加上一块英石，姿态入画，大书特书道：“北京来的客”。

刘先生不但是个艺菊专家，而且是一位诗人。他虽已年逾古稀，却老而弥健，一面艺菊，一面赋诗，曾先后寄了两张诗笺给我，一诗一词，都以菊为题材。他那婴园中的室名斋名，如“寒荣室”“守淡斋”“晚香簃”“延龄馆”“寄傲轩”等，全都离不了菊，也足见他对于菊花的热爱。

刘先生艺菊，并不墨守成规，专重老种，每年还用人工传粉杂交，因此新奇的品种层出不穷，真是富于创造性的。他除了采用短日照培植法催使菊花早开外，还想利用原子能，曾赋诗言志云：

原子云何可示踪？内含同位素相冲。

叶中放射添营养，根外追肥易吸溶。

利用驱虫如喷药，预期增产慰劳农。

我思推进秋华上，一样更新喜改容。

我预祝他老人家成功。

一九六二年

拐枣树

◎ 赵丰

五婶家的院子里长着一棵拐枣树。村子这种树并不多，记忆里村子北头的王和院里也有一棵，不过王和模样很凶，孩子们很怕他，不敢进他家的门。五叔在外面教书不常在家，儿女们也都成家了，平日里就只有五婶一个人在家。她喜欢孩子们去她家玩，我就和那棵拐枣树有了感情。

感情这东西说怪也怪，说不定啥时候你就喜欢上了一个人、一只小鸟、一条沾着泥巴的土路。而我喜欢五婶家的那棵拐枣树，完全是因为它的枝条弯弯曲曲、叶子果子疙疙瘩瘩，有如禽类的脚爪。那时也不懂什么审美观念，就是不喜欢简洁、直白的东西。

五婶不啬皮，拐枣熟了的时候，你想吃多少她也不阻拦。她的嘴旁有颗黑痣，一笑起来黑痣就颤动。五婶爱笑，看见我们吃她的拐枣，笑得眼睛成了一条缝。我喜欢她大约是因为她的脸不像别的大人那样绷紧皮肉，没有层次和皱纹。有时我就盯着她的脸看半天，弄得五婶以为脸上有什么脏东西。

开始，我们也没觉得拐枣好吃。有一天五婶坐在门槛上津津有味地吃着，让我们馋得直流哈水。五婶让我们尝，这才觉得它醇香，甜蜜，有点像葡萄干的味。娃娃们总是嘴馋，于是上树摘了许多下来，出了五婶家分给许多的孩子。这样，五婶家的院子就挤满了更多的孩子，不几天树上的果子就完了。

可是更多的岁月里，拐枣树是没有果子的。像一个寂寞的老人守候在五婶家的院子里。我忽然动了恻隐之心，想和它做伴。放学了，我放下书包就钻进五婶家，在树下傻乎乎地站着，看它的树身、树枝、树叶。起初五婶不解，从屋里跑出来看我，后来她似乎明白了什么，就由着我去了。这样我就完整地观察到了拐枣树的成长过程。从春天发芽，到开出扁圆形的花，再到深秋果实成熟，它都在隐忍的期盼里。第一场霜降之后，叶子呈黄绿色后，那些饱满的果实才渐渐风干，生涩的果实浓缩了精华，最终成为一串串醇香甘甜的美味。

五婶家的拐枣树说不上有多高，可是它树身的粗是知道的。用我那时的手掌丈量，满满五把。量着量着，蚂蚁就上树了。我赶紧松开手掌给蚂蚁让路。我知道，蚂蚁陪伴这棵树比我的时间多得多。

树有没有心灵感应我不晓得，但蚂蚁应该有的。我小时就喜欢蚂蚁，常常蹲在地上看它觅食，看它搬家。它上树干什么呢？这一直是个谜。我呆呆地站着，脑子却在想，有了蚂蚁的陪伴，拐枣树是不会寂寞的。

一棵树也是一个大家族，比如这棵拐枣树。春风吹来，它长出了嫩芽，绿莹莹的，爬得满枝条都是，像是一棵树的子子孙孙。一株枝条是一个家，枝条上总是有几十个嫩芽，吸食着枝条的养分，像是母亲对儿女的抚养。渐渐地，绿芽不经意间展开，宛若一树的笑脸。再之后，阳光更暖，叶子就伸展开来，遮掩了树枝。儿女大了，有了翅膀了，替母亲遮风挡雨了呢。再朝后就结果，成家立业了呢。

那棵拐枣树也有喜悦的时候，在出芽、长叶、结果的过程里，它享受着成长和收获的幸福时光，有风吹来，我甚至听见它在幸福地呢喃。这并不纯粹是我的感觉，也是树的真情实感。佛家讲万物在心，追求修世。道家讲无牵无挂，追求避世。拐枣的成熟过程，全在尘世之外的宁静和安详。

自然，它也有痛苦。雷电劈来，它要忍受肢体的阵痛，还有心灵的战栗。狂风袭来，它要提防枝条的裂断。就连我们这些娃娃，有时也会恶作剧地折下它的枝条，用小刀剜割它的皮肤。我们那时不知道什么叫痛苦，也就无法体会到那棵树的忧伤。做这些坏事时，我们总会避开五婶的眼睛。

就因为这个听起来别别扭扭的“拐”字，我小时就喜欢上了它。拐枣的“拐”，无疑是因为它的果柄弯曲而得名。我却一直疑心拐枣应该谓之“拐爪”。它的果实扭来拐去，像鸡爪，又像某只鸟的爪子，有时一细想，五婶脸上、额头上的皱纹弯来扭去的，是不是她家的拐枣显灵了呢？

五婶死了，死在秋天。悲哀的音乐响着，我却不敢去为她祭灵。那时，我害怕死人。五婶下葬以后，她家的院门就挂上了一把锁子。居然有孩子不害怕，翻过五婶家的院墙，上树去摘拐枣。渐渐地，五婶家的院墙被打开一个豁口，我这才敢去偷摘拐枣了。爬上树，装满一口袋。生摘下来的拐枣，要拿到火里炮一炮，使其变得熟软且有黏手的糖分，吃着就香甜了。初冬时节，自然有熟透的拐枣自然落地。不过，捡拾，那样的过程，对孩子们来说，就少了愉悦。

和人一样，树也有老去的时候。有些树走了就走了，没人惦记它，可我怎么也忘不了久违了的拐枣树。几十年没有见过它了。前几天，去汉中出差，在镇巴的街头，无意中发现了拐枣的果子。因为几十年的沧桑，它褪去了青春的红颜。像人生的历程，一路疙疙瘩瘩走来，直至枯干。我不是喜欢吃零食的人，但还是买了一斤。对我来说，它已经不属于商品，而是一种亲情。

辑三

将时光雕刻在木石之上

粉墙斑驳，日光月晕，竹影迷离，

清辉反射在书桌上，

时光映在我们的心里。

时光

◎ 冯骥才

一岁将尽，便进入一种此间特有的情氛中。平日里奔波忙碌，只觉得时间的紧迫，很难感受到“时光”的存在。时间属于现实，时光属于人生。然而到了年终时分，时光的感觉乍然出现。它短促、有限、性急，你在后边追它，却始终抓不到它飘举的衣袂。它飞也似的向着年的终点扎去。等到你真的将它超越，年已经过去，那一大片时光便留在过往不复的岁月里了。

今晚突然停电，摸黑点起蜡烛。烛光如同光明的花苞，宁静地浮在漆黑的空间里；室内无风，这光之花苞便分外优雅与美丽；些许的光散布开来，朦胧依稀地勾勒出周边的事物。没有电就没有音乐相伴，但我有比音乐更好的伴侣——思考。

可是对于生活最具悟性的，不是思想者，而是普通大众。比如大众俗语中，把临近年终这几天称作“年根儿”，多么真切和形象！它叫我们顿时发觉，一棵本来是绿意盈盈的岁月之树，已被我们消耗殆尽，只剩下一点点根底。时光竟然这样的紧迫、拮据与深浓……

一下子，一年里经历过的种种事物的影像全都重叠地堆在眼前。不管这些事情怎样庞杂与艰辛，无奈与突兀。我更想从中找到自己的足痕。从春天落英缤纷的京都退藏到冬日小雨连绵的雅典德尔菲遗址；从重庆荒芜的红卫兵墓到津南那条神奇的蛤蜊堤；从一个会场到另一个会场，一个活动到另一个活动中；究竟哪一些足迹至今清晰犹在，哪一些足迹杂沓模糊甚至早被时光干干净净一抹而去？

我瞪着眼前的重重黑影，使劲看去。就在烛光散布的尽头，忽然看到一双眼睛正直对着我。目光冷峻锐利，逼视而来。这原是我放在那里的一尊木雕的北宋天王像。然而此刻他的目光却变得分外有力。它何以穿过夜的浓雾，穿过漫长的八百年，锐不可当、拷问似的直视着任何敢于朝他瞧上一眼的人？显然，是由于八百年前那位不知名的民间雕工传神的本领、非凡的才气；他还把一种阳刚正气和直逼邪恶的精神注入其中。如今那位无名雕工早已了无踪影，然而他那令人震撼的生命精神却保存下来。

在这里，时光不是分毫不曾消逝吗？

植物死了，把它的生命留在种子里；诗人离去，把他的生命留在诗句里。

时光对于人，其实就是生命的过程。当生命走到终点，不一定消失得没有痕迹，有时它还会转化为另一种形态存在或再生。母与子的生命的转换，不就在延续着整个人类吗？再造生命，才是最伟大的生命奇迹。而此中，艺术家们应是最幸福的一种。唯有他们能用自己的生命去再造一个新的生命。小说家再造的是代代相传的人物；作曲家再造的是他们那个可以听到的迷人而永在的灵魂。

此刻，我的眸子闪闪发亮，视野开阔，房间里的一切艺术珍品都一点点地呈现。它们不是被烛光照亮，而是被我陡然觉醒的心智召唤出来的。

其实我最清晰和最深刻的足迹，应是书桌下边，水泥的地面上那两个被自己的双足磨成的浅坑。我的时光只有被安顿在这里，它才不会消失，而被我转化成一个个独异又鲜活的生命，以及一行行永不褪色的文字。然而我一年里把多少时光抛入尘嚣，或是支付给种种一闪即逝的虚幻的社会场景。甚至有时属于自己的时光反成了别人的恩赐。检阅一下自己创造的人物吧，掂量他们的寿命有多长。艺术家的生命是用他艺术的生命计量的。每个艺术家都有可能达到永恒，放弃掉的只能是自己。是不是？

迎面那宋代天王瞪着我，等我回答。

我无言以对，尴尬到了自感狼狈。

忽然，电来了，灯光大亮，事物通明，恍如更换天地。刚才那片幽阔深远的思想世界顿时不在，唯有烛火空自燃烧，显得多余。再看那宋代的天王像，在灯光里仿佛换了一个神气，不再那样咄咄逼人了。

我也不用回答他，因为我已经回答自己了。

想念地坛

◎ 史铁生

想念地坛，主要是想念它的安静。

坐在那园子里，坐在不管它的哪一个角落，任何地方，喧嚣都在远处。近旁只有荒藤老树，只有栖居鸟儿的废殿颓檐、长满了野草的残墙断壁，暮鸦吵闹着归来，雨燕盘桓吟唱，风过檐铃，雨落空林，蜂飞蝶舞，草动虫鸣……四季的歌咏此起彼伏从不间断。地坛的安静并非无声。

有一天大雾迷漫，世界缩小到只剩了园中的一棵老树。有一天春光浩荡，草地上的野花铺铺展展开得让人心惊。有一天漫天飞雪，园中堆银砌玉，有如一座晶莹的迷宫。有一天大雨滂沱，忽而云开，太阳轰轰烈烈，满天满地都是它的威光。数不尽的那些日子里，那些年月，地坛应该记得，有一个人，摇了轮椅，一次次走来，逃也似的投靠这一处静地。

一进园门，心便安稳。有一条界线似的，迈过它，只要一迈过它便有清纯之气扑来，悠远、浑厚。于是时间也似放慢了速度，就好比电影中的慢镜，人便不那么慌张了，可以放下心来把你的每一个动作都看看清楚，每一丝风飞叶动，每一缕愤懑和妄想，盼念与惶茫，总之把你所有的心绪都看看明白。

因而地坛的安静，也不是与世隔离。

那安静，如今想来，是由于四周和心中的荒旷。一个无措的灵魂，不期而至竟仿佛走回到生命的起点。

记得我在那园中成年累月地走，在那儿呆坐，张望，暗自地祈求或怨叹，在那儿睡了又醒，醒了看几页书……然后在那儿想："好吧好吧，我看你还能怎样！"这念头不觉出声，如空谷回音。

谁？谁还能怎样？我，我自己。

我常看那个轮椅上的人，和轮椅下他的影子，心说我怎么会是他呢？怎么会和他一块坐在了这儿？我仔细看他，看他究竟有什么倒霉的特点，或还将有什么不幸的征兆，想看看他终于怎样去死，赴死之途莫非还有绝路？那日何日？我记得忽然我有了一种放弃的心情，仿佛我已经消失，已经不在，唯一缕轻魂在园中游荡，刹那间清风朗月，如沐慈悲。于是乎我听见了那恒久而辽阔的安静。恒久，辽阔，但非死寂，那中间确有如林语堂所说的，一种"温柔的声音，同时也是强迫的声音”。

我记得于是我铺开一张纸，觉得确乎有些什么东西最好是写下来。那日何日？但我一直记得那份忽临的轻松和快慰，也不考虑词句，也不过问技巧，也不以为能拿它去派什么用场，只是写，只是看有些路单靠腿（轮椅）去走明显是不够。写，真是个办法，是条条绝路之后的一条路。

只是多年以后我才在书上读到了一种说法：写作的零度。

《写作的零度》，其汉译本实在是有些磕磕绊绊，一些段落只好猜读，或难免还有误解。我不是学者，读不了罗兰·巴特的法文原著应当不算是玩忽职守。是这题目先就吸引了我，这五个字，已经契合了我的心意。在我想，写作的零度即生命的起点，写作由之出发的地方即生命之固有的疑难，写作之终于的寻求，即灵魂最初的眺望。譬如那一条蛇的诱惑，以及自古而今对生命意义不息的询问。譬如那两片无花果叶的遮蔽，以及人类以爱情的名义、自古而今的相互寻找。譬如上帝对亚当和夏娃的惩罚，以及万千心魂自古而今所祈盼着的团圆。

“写作的零度”，当然不是说清高到不必理睬纷繁的实际生活，洁癖到把变迁的历史虚无得干净，只在形而上寻求生命的解答。不是的。但生活的谜面变化多端，谜底却似亘古不变，缤纷错乱的现实之网终难免编织进四顾迷茫，从而编织到形而上的询问。人太容易在实际中走失，驻足于路上的奇观美景而忘了原本是要去哪儿，倘此时灵机一闪，笑遇荒诞，恍然间记起了比如说罗伯 - 格里叶的《去年在马里昂巴》，比如说贝克特的《等待戈多》，那便是回归了“零度”，重新过问生命的意义。零度，这个词真用得好，我愿意它不期然地还有着如下两种意思：一是说生命本无意义，零嘛，本来什么都没有；二是说，可平白无故地生命他来了，是何用意？虚位以待，来向你要求意义。一个生命的诞生，便是一次对意义的要求。荒诞感，正就是这样的要求。所以要看重荒诞，要善待它。不信等着瞧，无论何时何地，必都是荒诞领你回到最初的眺望，逼迫你去看那生命固有的疑难。

否则，写作，你寻的是什么根？倘只是炫耀祖宗的光荣，弃心魂一向的困惑于不问，岂不还是阿 Q 的传统？倘写作变成潇洒，变成了身份或地位的投资，它就不要嘲笑喧嚣，它已经加入喧嚣。尤其，写作要是爱上了比赛、擂台和排名榜，它就更何必谴责什么“霸权”？它自己已经是了。我大致看懂了排名的用意：时不时地抛出一份名单，把大家排比得就像是梁山泊的一百零八，被排者争风吃醋，排者乘机拿走的是权力。可以玩味的是，这排名之妙，商界倒比文坛还要醒悟得晚些。

这又让我想起我曾经写过的那个可怕的孩子。那个矮小瘦弱的孩子，他凭什么让人害怕？他有一种天赋的诡诈——只要把周围的孩子经常地排一排座次，他凭空地就有了权力。“我第一跟谁好，第二跟谁好……第十跟谁好”和“我不跟谁好”，于是，欢欣者欢欣地追随他，苦闷者苦闷着还是去追随他。我记得，那是我很长一段童年时光中恐惧的来源，是我的一次写作的零度。生命的恐惧或疑难，在原本干干净净的眺望中忽而向我要求着计谋；我记得我的第一个计谋，是阿谀。但恐惧并未因此消散，疑难却因此更加疑难。我还记得我抱着那只用于阿谀的破足球，抱着我破碎的计谋，在夕阳和晚风中回家的情景……那又是一次写作的零度。零度，并不只有一次。每当你立于生命固有的疑难，立于灵魂一向的祈盼，你就回到了零度。一次次回到那儿正如一次次走进地坛，一次次投靠安静，走回到生命的起点，重新看看，你到底是要去哪儿？是否已经偏离亚当和夏娃相互寻找的方向？

想念地坛，就是不断地回望零度。放弃强力，当然还有阿谀。现在可真是反了！——面要面霸，居要豪居，海鲜称帝，狗肉称王，人呢？名人，强人，人物。可你看地坛，它早已放弃昔日荣华，一天天在风雨中放弃，五百年，安静了；安静得草木葳蕤，生气盎然。土地，要你气熏烟蒸地去恭维它吗？万物，是你雕栏玉砌就可以挟持的？疯话。再看那些老柏树，历无数春秋寒暑依旧镇定自若，不为流光掠影所迷。我曾注意过它们的坚强，但在想念里，我看见万物的美德更在于柔弱。“坚强”，你想吧，希特勒也会赞成。世间的语汇，可有什么会是强梁所拒？只有“柔弱”。柔弱是爱者的独信。柔弱不是软弱，软弱通常都装扮得强大，走到台前骂人，退回幕后出汗。柔弱，是信者仰慕神恩的心情，静聆神命的姿态。想想看，倘那老柏树无风自摇岂不可怕？要是野草长得比树还高，八成是发生了核泄漏——听说切尔诺贝利附近有这现象。

我曾写过“设若有一位园神”这样的话，现在想，就是那些老柏树吧；千百年中，它们看风看雨，看日行月走人世更迭，浓荫中唯供奉了所有的记忆，随时提醒着你悠远的梦想。

但要是“爱”也喧嚣，“美”也招摇，“真诚”沦为一句时髦的广告，那怎么办？唯柔弱是爱愿的识别，正如放弃是喧嚣的解剂。人一活脱便要嚣张，天生的这么一种动物。这动物适合在地坛放养些时日——我是说当年的地坛。

回望地坛，回望它的安静，想念中坐在不管它的哪一个角落，重新铺开一张纸吧。写，真是个办法，油然地通向着安静。写，这形式，注定是个人的，容易撞见诚实，容易被诚实揪住不放，容易在市场之外遭遇心中的阴暗，在自以为是时回归零度。把一切污浊、畸形、歧路，重新放回到那儿去检查，勿使伪劣的心魂流布。

有人跟我说，曾去地坛找我，或看了那一篇《我与地坛》去那儿寻找安静。可一来呢，我搬家搬得离地坛远了，不常去了。二来我偶尔请朋友开车送我去看它，发现它早已面目全非。我想，那就不必再去地坛寻找安静，莫如在安静中寻找地坛。恰如庄生梦蝶，当年我在地坛里挥霍光阴，曾屡屡地有过怀疑：我在地坛吗？还是地坛在我？现在我看虚空中也有一条界线，靠想念去迈过它，只要一迈过它便有清纯之气扑面而来。我已不在地坛，地坛在我。

相片

◎ 老舍

在今日的文化里，相片的重要几乎胜过了音乐，图画与雕刻，等等。在一个摩登的家庭里，没有留声机，没有名人字画，没有石的或铜的刻像，似乎还可以下得去；设若没几张相片，或一二相片本子，简直没法活下去！不用说是一个家庭，就是铺户、旅馆、火车站、学生宿舍，没有相片就都不像一回事。电车上“谨防扒手”的下面要是没有几片四寸的半身照相，就一定显着空洞。水手们身上要是不带着几张最写实不过的妖精打架二寸艺术照相，恐怕海上的生活就要加倍难堪了。想想看，一个设备很完全的学校，而没有年刊或同学录，一个政府机关里面没有些张窄长的这个全体那个周年的相片！至于报纸与杂志，哼，就是把高尔基的相误注为托尔斯泰的，也比空空如也强！投考、领护照、订婚、拜盟兄弟，哪一样可以没有相片？即使你天生来的反对照相，你也得去照；不然，你就连学校也不要入，连太太也不用娶，你趁早儿不用犯这个牛脖子——“请笑一点”，你笑就是了。儿童、妇女、国货、航空，都有“年”。年，究竟是年，今后甲子，明年乙丑，过去就完事；至于照相，这个世纪整个的是“照相世纪”，想想，你逃得出去吗？

还是先说家庭吧。比如你的屋中挂着名家的字画，还有些古玩，雅是雅了，可是第一你就得防贼，门上加双锁，窗上加铁栅，连这样，夜间有个风吹草动，你还得咳嗽几声；设若是明火，进来十几位蒙面好汉，大概你连咳嗽也不敢了。这何苦呢？相片就没这种危险，谁也不会把你父亲的相偷去当他的爸爸，这不是实话吗？

就满打没这个危险，艺术作品或古玩也远不及相片的亲切与雅俗共赏。一张名画，在普通的人眼中还不如理发馆壁上所悬的“五福临门”，而你的朋友亲戚不见得没有普通人。你夸奖你的名画，他说看不上眼，岂不就得打吵子？相片人人能看得懂，而且就是照得不见佳也会有人夸好。比如令尊的相片加了漆金框悬在墙上，多么笨的人也不会当着你的面儿说：“令尊这个相还不如五福临门好看！”绝对不会。即使那个相真不好看，人家也得说：“老爷子福相，福相！”至不济，也会夸奖几句：“框子配得真好！”

以此类推，尊家自己，尊夫人，令郎令爱，都有相片，都能得到好评，这够多么快活呢？！况且相片遮丑，尊家面上的麻子，与尊夫人脸上的小沙漠似的雀斑，都不至于照上，你自己看着起劲，朋友也不必会问：“照片上怎么忘掉你的麻子？”站在一张图画面前，不管懂与否，谁都想批评批评，为表示自己高明，当着一个人，谁也不愿对他的面貌发表意见；看相片也如此。

有相片就有话说，不至于宾主对愣着。

“这是大少爷吧？”

“可不是！上美国读书去了。”

“近来有信吧？”

打这儿，就由大少爷谈到美国，又由美国谈回来，碰巧了就二反投唐再谈回美国去，话是越说越多，而且可以指点着相片而谈，有诗为证：句句是真，交情乃厚。

最好是有一二相片本子。提到大少爷，马上拿出本子来：

“这是他满月时候照的，他生在福州，那时先严正在福州做官。”话又远去了，足够写三四本书的。假若没有这可宝贵的本子，你怎好意思突如其来地说：先严在福州做过官？而使朋友吓一跳，当是你的脑子有毛病。

遇上两位话不投缘，而屡有冲突起来的危险的客人，相片本子——顶好是有两本——真是无价之宝。一看两位的眼神不对，你应当很自然地一人递给一本，他们正在，比如说，为袁世凯是否伟人而要瞪眼的时候，你把大少爷生在福州，和二小姐已经订婚的照片翻开，指示给他们，他们一个看福州生的胖小子，一个看将要成为新娘子的二小姐，自然思想换了地方，一个问你一套话，而袁世凯或者不成为问题了。要不然，这个有很大的危险。假若你没有相片本子，而二位抓住袁世凯不撒手，你要往折中里一说，说二位各有各的理，他们一定都冲着你来了；寡不敌众，你没调停好，还弄一鼻子灰。你要是向着一边说话，不用说，那就非得罪一边不可，也许因此而飞起茶碗——在你家里，茶碗自然是你的。你要是一声不出，听着他们吵，赶到彼此已说无可说而又不想打架的时候，他们就会都抱怨你不像个朋友。你若是不分青红皂白而把客人一齐逐出去，那就更糟，他们也许在你的门口吵嚷一阵，而同声地骂你不懂交情。总之，你非预备两个本子不可！

赶到朋友多的时候，你只有一张嘴，无论如何也应酬不过来，相片本子可以替你招待客人。找那不爱说话的，和那顶爱说话的，把本子送过去；那位一声不出的可以不至死板板地坐在那里，那位包办说话的也不好再转着弯儿接四面八方的话。把这两极安置好，你便可以从容对付那些中庸的客人了。这比茶点果子都有效。爱说话的人，宁可牺牲了点心，也不放弃说话。至于茶，就更不挡事；爱说话的人会一劲儿地说，直等茶凉了，一口灌下去，赶紧接着再说。果子也不行，有人不喜欢吃凉的，让到了他，他还许摆出些谱来："一向不大动凉的，不过偶尔地吃一个半个的，假如有玫瑰香葡萄之类！”你说，他是挖苦你没预备好果子。相片本子既比茶点省钱，又不至于被人拒绝，大概谁也不会说：“一向讨厌看相片！”

相片里有很多人生的姿体，打开一本照相，你可以有许多带着感情的话。假若你现在的事由不如从前了，看看相片，你可以对友人说：“这是十年前的了，那时候还不像这么狼狈！”这种牢骚是哀而不伤的，因为现在狼狈，并不能抹杀过去的光荣，回忆永是甜美的，对于兄弟儿女，都能起这种柔善的感情：“看，这是当年的老六，多么体面，谁能想到他会……”你虽然依旧恨着老六，可是看着当年的照片，你到底想要原谅他。看着相片说些富有感情的话，你自己痛快，别人听着也够味儿，设若你会作诗的话，顶好在相片边题上些小诗，就更见出人生的味道。

不过，有些相片是不好摆进本子去的，你应当留神。歪戴帽或弄鬼脸的，甚至于扮成十三妹的相片，都可以贴上，因为这足以表示你颇天真，虽然你在平日是个完全的君子人，可是心田活泼泼的，也能像孩子般地淘气，这更见英雄的本色。至于背着尊夫人所接到的女友小照，似乎就不必公开地展览。爽直是可贵的，可是也得有个分寸。这个，你自然晓得；不过，我更嘱咐你一句：“这类的相片就是藏起来也得要十分的严密，太太们对这种玩意是特别注意的。”

闲谈关于古代建筑的一点消息

◎ 林徽因

在这整个民族和他的文化，均在挣扎着他们重危的命运的时候，凭你有多少关于古代艺术的消息，你只感到说不出口的难受！艺术是未曾脱离过一个活泼的民族而存在的；一个民族衰败湮没，他们的艺术也就跟着消沉僵死。知道一个民族在过去的时代里，曾有过丰富的成绩，并不保证他们现在仍然在活跃繁荣的。

但是反过来说，如果我们到了连祖宗传留下的家产都没有能力清理，或保护；乃至于让家里的至宝毁坏散失，或竟拿到旧货摊上变卖；这现象却又恰恰证明我们这做子孙的没有出息，智力德行已经都到了不能堕落的田地。睁着眼睛向旧有的文艺喝一声："去你的，咱们维新了，革命了，用不着再留丝毫旧有的任何知识或技艺了。"这话不但不通，简直是近乎无赖！

话是不能说到太远，题目里已明显地提过有关古建筑的消息在这里，不幸我们的国家多故，天天都是迫切的危难临头，骤听到艺术方面的消息似乎觉得有点不识时宜，但是，相信我——上边已说了许多——这也是我们当然会关心的一点事，如果我们这民族还没有堕落到不认得祖传宝贝的田地。

这消息简单地说来，就是新近有几个死心眼的建筑师，放弃了他们盖洋房的好机会，卷了铺盖到各处测绘几百年前他们同行中的先进，用他们当时的一切聪明技艺，所盖惊人的伟大建筑物，在我投稿时候正在山西应县辽代的八角五层木塔前边。

山西应县的辽代木塔，说来容易，听来似乎也平淡无奇，值不得心多跳一下，眼睛睁大一分。但是西历一〇五六到现在，算起来是整整的八百七十七年。古代完全木构的建筑物高到二百八十五尺，在中国也就剩这一座独一无二的应县佛宫寺塔了。比这塔更早的木构已经专家看到，加以认识和研究的，在国内的只不过五处而已。

中国建筑的演变史在今日还是个灯谜，将来如果有一天，我们有相当的把握写部建筑史时，那部建筑史也就可以像一部最有趣味的侦探小说，其中主要的人物给侦探以相当方便和线索的，左不是那几座现存的最古遗物。现在唐代木构在国内还没找到一个，而宋代所刊《营造法式》又还有困难不能完全解释的地方，这距唐不久，离宋全盛时代还早的辽代，居然遗留给我们一些顶呱呱的木塔，高阁，佛殿，经藏，帮我们抓住前后许多重要的关键，这在几个研究建筑的死心眼人看来，已是了不起的事了。

我最初对于这应县木塔似乎并没有太多的热心，原因是思成自从知道了有这塔起，对于这塔的关心，几乎超过他自己的日常生活。早晨洗脸的时候，他会说“上应县去不应该是太难吧”。吃饭的时候，他会说“山西都修有顶好的汽车路了”。走路的时候，他会忽然间笑着说：“如果我能够去测绘那应州塔，我想，我一定……”他话常常没有说完，也许因为太严重的事怕语言亵渎了。最难受的一点是他根本还没有看见过这塔的样子，连一张模糊的相片，或翻印都没有见到！

有一天早上，在我们少数信件之中，我发现有一个纸包，寄件人的住址却是山西应县 ×× 斋照相馆！——这才是侦探小说有趣的一页——原来他想了这么一个方法，写封信“探投山西应县最高等照相馆”，弄到一张应州木塔的相片。我只得笑着说阿弥陀佛，他所倾心的幸而不是电影明星！这照相馆的索价也很新鲜，他们要一点北平的信纸和信笺做酬金，据说因为应县没有南纸店。

时间过去了三年让我们来夸他一句“有志者事竟成”吧，这位思成先生居然在应县木塔前边——何止，竟是上边，下边，里边，外边——绕着测绘他素仰的木塔了。

通讯一

……大同工作已完，除了华严寺外都颇详尽，今天是到大同以来最疲倦的一天，然而也就是最近于首途应县的一天了，十分高兴。明晨七时由此搭公共汽车赴岱，由彼换轮车“起早”，到即电告。你走后我们大感工作不灵，大家都用愉快的意思回忆和你各处同作的畅顺，悔惜你走得太早。我也因为想到我们和应塔特殊的关系，悔不把你硬留下同去瞻仰。家里放下许久实在不放心，事情是绝对没有办法，可恨。应县工作约四五日可完，然后再赴 × 县……

通讯二

昨晨七时由同乘汽车出发，车还新，路也平坦，有时竟走到每小时五十里的速度，十时许到岱岳。岱岳是山阴县一个重镇，可是雇车费了两个钟头才找到，到应县时已八点。

离县二十里已见塔，由夕阳返照中见其闪烁，一直看到它成了剪影，那算是我对于这塔的拜见礼。在路上因车摆动太甚，稍稍觉晕，到后即愈。县长养有好马，回程当借匹骑走，可免受晕车苦罪。

今天正式地去拜见佛宫寺塔，绝对的 Overwhelming，好到令人叫绝，喘不出一口气来半天！

塔共有五层，但是下层有副塔（注：重檐建筑之次要一层，宋式谓之副阶），上四层，每层有平座，实算共十层。因梁架斗拱之不同，每层须量俯视，仰视，平面各一；共二十个平面图要画！塔平面是八角，每层须做一个正中线和一个斜中线的断面。斗拱不同者三四十种，工作是意外地繁多，意外地有趣，未来前的“五天”工作预算恐怕不够太多。

塔身之大，实在惊人，每面开三间，八面完全同样。我的第一个感触，便是可惜你不在此同我享此眼福，不然我真不知你要几体投地地倾倒！回想在大同善化寺暮色里面向着塑像瞪目咋舌的情形，使我愉快得不愿忘记那一刹那人生稀有的，由审美本能所触发的锐感。尤其是同几个兴趣同样的人，在同一个时候浸在那锐感里边。士能忘情时那句“如果元明以后有此精品，我的刘字倒挂起来了”，我时常还听得见。这塔比起大同诸殿更加雄伟，单是那高度已可观，士能很高兴他竟听我们的劝说没有放弃这一处同来看看，虽然他要不待测量先走了。

应县是个小小的城，是一个产盐区，在地下掘下不深就有咸水，可以煮盐，所以是个没有树的地方，在塔上看全城，只数到十四棵不很高的树！

工作繁重，归期怕要延长很多，但一切吃住都还舒适，住处离塔亦不远，请你放心……

通讯三

士能已回，我同莫君留此详细工作，离家已将一月却似更久。想北平正是秋高气爽的时候。非常想家！

相片已照完，十层平面全量了，并且非常精细，将来誊画正图时可以省事许多。明天起，量斗拱和断面，又该飞檐走壁了。我的腿已有过厄运，所以可以不怕。现在做熟了，希望一天可做两层，最后用仪器测各檐高度和塔刹，三四天或可竣工。

这塔真是个独一无二的伟大作品。不见此塔，不知木构的可能性到了什么程度。我佩服极了，佩服建造这塔的时代，和那时代里不知名的大建筑师，不知名的匠人。

这塔的现状尚不坏，虽略有朽裂处。八百七十余年的风雨它不动声色地承受了，并且它还领教过现代文明：民十六七年间冯玉祥攻山西时，这塔曾吃了不少的炮弹，痕迹依然存在，这实在叫我脸红。第二层有一根泥道拱竟为打去一节，第四层内部阑额内尚嵌着一弹未经取出，而最下层西面两檐柱都有碗口大小的孔，正穿通柱身，可谓无独有偶。此外枪孔无数，幸而尚未打倒，也算是这塔的福气。现在应县人士有捐钱重修之议，将来回平后将不免为他们奔走一番，不用说动工时还须再来应县一次。

× 县至今无音信，虽然前天已发电去询问，若两三天内回信来，与大同诸寺略同则不去，若有唐代特征如人字拱、鸱尾，等等，则一步一磕头也是要去的！……

通讯四

……这两天工作颇顺利，塔第五层（即顶层）的横断面已做了一半，明天可以做完。断面做完之后，将有顶上之行，实测塔顶相轮之高；然后楼梯，栏杆，格扇的详样；然后用仪器测全高及方向；然后抄碑；然后检查损坏处以备将来修理。我对这座伟大建筑物目前的任务，便暂时告一段落了。

今天工作将完时，忽然来了一阵“不测的风云”。在天晴日美的下午五时前后狂风暴雨，雷电交作。我们正在最上层梁架上，不由得不感到自身的危险，不单是在二百八十多尺高将近千年的木架上，而且紧在塔顶铁质相轮之下，电母风伯不见得会讲特别交情。我们急着爬下，则见实测记录册子已被吹开，有一页已飞到栏杆上了。若再迟半秒钟，则十天的工作有全部损失的危险，我们追回那一页后，急步下楼——约五分钟——到了楼下，却已有一线骄阳，由蓝天云隙里射出，风雨雷电已全签了停战协定了。我抬头看塔仍然存在，庆祝它又避过了一次雷打的危险，在急流成渠的街道上回到住处去。

我在此每天除爬塔外，还到 ×× 斋看了托我买信笺的那位先生。他因生意萧条，现在只修理钟表而不照相了……

这一段小小的新闻，抄用原来的通讯，似乎比较可以增加读者的兴趣，又可以保存朝拜这古塔的人的工作时的印象和经过，又可以省却写这段消息的人说出旁枝的话。虽然在通讯里没讨论到结构上的专门方面，但是在那一部侦探小说里也自成一章，至少那 ×× 斋照相馆的事例颇有始有终，思成和这塔的姻缘也可算圆满。

关于这塔，我只有一桩事要加附注。在佛宫寺的全部平面布置上，这塔恰恰在全寺的中心，前有山门，钟楼，鼓楼，东西两配殿，后面有桥通平台，台上还有东西两配殿和大配。这是个极有趣的布置，至少我们疑心古代的伽蓝有许多是如此把高塔放在当中的。

书房的窗子

◎ 杨振声

说也可怜，抗战归来，卧房都租不到一间，何言书房？既无书房，又何从说到书房的窗子！

唉，先生，你别见笑，叫花子连做梦都在想吃肉，正为没得，才想得厉害，我不但想到书房，连书房里每一个角落，我都布置好。今天又想起了我那书房的窗子。

说起窗子，那真是人类穴居之后一点灵机的闪耀才发明了它。它给你清风与明月，它给你晴日与碧空，它给你山光与水色，它给你安安静静地坐于窗前，欣赏着宇宙的一切。一句话，它打通与你天然的界限。

但窗子的功用，虽是到处一样，而窗子的方向，却有各人的嗜好不同。陆放翁的“一窗晴日写黄庭”，大概指的是南窗，我不反对南窗的光明和健康，特别在北方的冬天，南窗放进满屋的晴日，你随便拿一本书坐在窗下取暖，书页上的诗句全浸润在金色的光浪中，你书桌旁若有一盆蜡梅那就更好——蜡梅比红梅色雅而秀清，价钱并不比红梅贵多少。那么，就算有一盆蜡梅吧。蜡梅在阳光的照耀下荡漾着芬芳，把几枝疏脱的影子漫画在新洒扫的蓝砖地上，如漆墨画。天知道，那是一种清居的享受。

东窗的初红里迎着朝暾，你起来开了格扇，放进一屋的清新。朝气洗涤了昨宵一梦的荒唐，诗人精神清振，与宇宙万物一体更新。假使你窗外有一株古梅或是海棠，你可以看“朝日红妆”；有海，你可以看“海日生残夜”；一无所有，看朝霞的艳红，再不然，看想象中的郿宫，“晓日靓装千骑女，白樱桃下紫纶巾”。

“挂起西窗浪按天”，这样的西窗，不独坡翁喜欢，我们谁都喜欢。然而西窗的风趣，正不止此，压山的红日徘徊于西窗之际，照出书房里一种透明的宁静。苍蝇的搓脚，微尘的轻游，都带些倦意了。人在一日的劳动后，带着微疲放下工作，舒适地坐下来吃一杯热茶，开窗西望，太阳已隐到山后了。田间小径上疏落地走着荷厨归来的农夫，隐约听见母牛哞哞地唤着小犊同归。山色此时已由微红而深紫，而黝蓝。苍然暮色也渐渐笼上山脚的树林。西天上独有一缕镶着黄边的白云冉冉而行。

然而我独喜欢北窗。那就全是光的问题了。

说到光，我有一个偏向，就是不喜欢强烈的光而喜欢清淡的光，不喜欢敞开的光而喜欢隐约的光，不喜欢直接的光而喜欢反射的光。就拿日光来说吧，我不爱中午的骄阳，而爱“晨光之熹微”与落日的古红。纵使光度一样，也觉得一片平原的光海，总不及山阴水曲间光线的隐翳，或枝叶扶疏的树荫下光波的流动。至于反光更比直光来得委婉。“残夜水明楼”，是那般的清虚可爱；而“明月照积雪”使你感到满目清辉。

不错，特别是雪的反光。在太阳下是那样霸道，而在月光下却又这般温柔。其实，雪的反光在阴阴天宇下，也蛮有风趣。特别是新雪的早晨，你一醒来全不知道昨宵降了一夜的雪，只看从纸窗透进满室的虚白，便与平时不同，那白中透出银白的清辉，湿润而匀净，使屋子里平添一番恬静的滋味，披衣起床且不看雪，先掏开那尚未睡醒的炉子，那屋里顿然煦暖。然后再从容揭开窗帘一看，满目皓洁，庭前的枝枝都压垂到地角上了，望望天，还是阴阴的，那就准知道这一天你的屋子会比平常更幽静。

至于拿月光与日光比，我当然更喜欢月光，在月光下，人是那般隐藏，天宇是那般素净。现实的世界退缩了，想象的世界放大了。我们想象的放大，不也就是我们人格的放大？放大到感染一切时，整个的世界也因而富有情思了。“疏影横斜水清浅，暗香浮动月黄昏”比之“晴雪梅花”更为空灵，更为生动，“无情有恨何人见，月晓风清欲堕时”比之“枝头春意”更富深情与幽思；而“宿妆残粉未明天，总立昭阳花树边”也比“水晶帘下看梳头”更动人怜惜之情。

这里不只是光度的问题，而且是光度影响了态度。强烈的光使我们一切看得清楚，却不必使我们想得明透；使我们有行动的愉悦，却不必使我们有沉思的因缘；使我们像春草一般地向外发展，却不能使我们像夜幕合拢一般地向内收敛。强光太使我们与外物接近了，留不得一分想象的距离。而一切文艺的创造，绝不是一些外界事物的堆拢，而是事物经过个性的溶冶、范铸出来的作物。强烈的光与一切强有力的东西一样，它压迫我们的个性。

以此，我便爱上了北窗。南窗的光强，固不必说，就是东窗和西窗也不如北窗。北窗放进的光是那般清淡而隐约，反射而不直接。说到反光，当然便到了“窗子以外”了。我不敢想象窗外有什么明湖或青山的反光，那太奢望了。我只希望北窗外有一带古老的粉墙。你说古老的粉墙？一点不错。最低限度地要老到透出点微黄的颜色；假如可能，古墙上生几片青翠的石斑。这墙不要去窗太近，太近则逼仄，使人心狭；也不要太远，太远便不成为窗子屏风；去窗一丈五尺左右便好。如此古墙上的光辉反射在窗下的桌上，润泽而淡白，不带一分逼人的霸气。这种清光绝不会侵凌你的幽静，也不会扰乱你的运思。它与清晨太阳未出以前的天光，及太阳初下，夕露未滋，湖面上的水光同是一样的清幽。

假如，你嫌这样的光太朴素了些，那你就在墙边种上一行疏竹。有风，你可以欣赏它婆娑的舞容；有月，你可以欣赏窗上迷离的竹影；有雨，它给你平添一番清凄；有雪，那素洁，那清劲，确是你清寂中的佳友。即使无月无风，无雨无雪，红日半墙，竹荫微动，掩映于你书桌上的清辉，泛出一片青翠，几纹波痕，那般的生动而空灵。你书桌上满写着清新的诗句，你坐在那儿，纵使不读书也“要得”。

烟卷

◎ 朱湘

我吸烟是近四年来的事——从前我所进的学校里，是禁止烟酒的——不过我同烟卷发生关系，却是已经二十年了。那是说的烟卷盒中的画片，我在十岁左右的时候，便开始收集了。我到如今还记得我当时对于那些画片的搜罗是多么热情，正如我当时对于收集各色的手工纸，各国的邮票那样，有的是由家里的烟卷盒中取来的，恨不得大人一天能抽十盒烟才好；还有的是用制钱——当时还用制钱——去，跑去，杂货铺里买来的。儿童时代也自有儿童时代的欢喜与失望：单就搜集画片这一项来说，我还记得当时如其有一天那烟盒中的画片要是与从前的重复了，并不是一张新的，至少有半天，我的情感是要梗滞着，不舒服，徒然地在心中希冀着改变那既成的事实。收集全了一套画片的时候，心里又是多么欢喜！那便是一个成人与他所恋爱的女子结了婚，一个在政界上钻营的人一旦得了肥缺，当时所体验到的鼓舞，也不能在程度上超越过去。

便是烟卷盒中的画片这一种小件的东西，就中都能以窥得出社会上风气的转移。如今的画片，千篇一律的，是印着时装的女子，或是侠义小说中的情节；这一种的风气，在另一方面表现出来，便是肉欲小说与新侠义小说的风行，再在另一方面表现出来，便是跳舞馆像雨后春笋一般地竖立起来，未成年的幼者弃家弃业地去求侠客的记载不断地出现于报纸之上。在二十年前，也未尝没有西洋美女的照相画片——性，那原是古今中外一律的一种强有力的引诱；在十年以前，我自己还拿十岁时候所收集的西洋美女的照相画片之内的一张剪出来，插在钱夹里——也未尝没有《水浒传》上一百零八人的画片——《水浒传》，它本来是一部文学的价值既高，深入民心的程度又深的书籍，可以算是古代的白话文学中唯一的能将男性充分地发挥出来的长篇小说（我当时的失望啊，为了再也搜罗不到玉麒麟卢俊义这张画片的缘故！）——不过在二十年前，也同时有军舰的照相画片，英国的各时代的名舰的画片，海陆军官的照相画片，世界上各地方的出产物的画片……这二十年以来，外国对于我国的态度无可异议的是变了，期待改变成了藐视，理想上的希望改变了实际上的取利；由画片这一小项来看，都可以明显地看见了。

当时我所收集的各种画片之内，有一种是我所最喜欢的，并不是为的它印刷精美，也不是为的它搜罗繁难。它是在每张之上画出来一句成语或一联的意义，而那些的绘画，或许是不自觉的，多少含有一些滑稽的意味。“若要功夫深，钝铁磨成针”“爬得高，跌得重”，以及许多同类的成语，都寓庄于谐地在绘画中实体地演现了出来，映入了一个上“修身”课，读古文的高小学生的视觉……当时还没有《儿童世界》《小朋友》，这一种的画片便成为我的童年时代的《儿童世界》《小朋友》了。

画片，这不过是烟卷盒中的附属品，为了吸烟卷的家庭中那般儿童而预备的，在中国这个教育，尤其是儿童教育需要提升的国家，一切含有教育意义的事物，当然都是应该欢迎、提倡的——不过就一般为吸烟而吸烟的人说来，画片可以说是视而不见的；所以在出售于外国的高低各种，出售于中国的一些烟盒、烟罐之内，画片这一项节目是蠲除去了。

烟卷的气味我是从小就闻惯了，嗅它的时候，我自然也是感觉到有一种香味——还有些时候，我撮拢了双掌，将烟气向嗅官招了来闻；至于吸烟，少年时代的我也未尝没有尝试过，但是并没有尝出了什么好处来，像吃甜味的糖，咸味的菜那样，所以便弃置了不去继续——并且在心里坚信着，大人的说话是不错的，他们不是说了，烟卷虽是嗅着烟气算香，吸起来都是没有什么甜头，并且晕脑的吗？

我正式的第一次抽烟卷，是在二十六岁左右，在美国西部等船回国的时候；我正式的第一次所抽的烟卷，是美国国内最通行的一种烟卷，“幸中”（Lucky Strike）。因为我在报纸、杂志之上时常看到这种烟卷的触目的广告，而我对于烟卷又完全是一个外行，当时为了等船期内的无聊，感觉到抽烟卷也算得一条便利的出路，于是我的“幸中”便落在这一种烟卷的身上。

船过日本的时候，也抽过日本的国产烟卷，小号的，用了日本的国产火柴，小匣的。

回国以后，服务于一个古旧狭窄的省会之内；那时正是“美丽牌”初兴的时候，我因为它含有一点甜味，或许烟叶是用甘草焙过的，我便抽它。也曾经断过烟，不过数日之后，发现口的内部的软骨肉上起了一些水泡，大概是因为初由水料清洁的外国回来，漱口时用不惯霉菌充斥着的江水、井水，于是烟卷又照旧地吸了起来，数日之后，那些口内的水泡居然无形中消灭了；从此以后，抽烟卷便成为我的一种习惯了。医学所说的烟卷有毒的这一类话，报纸上所登载的某医士主张烟卷有益于人体以及某人用烟卷支持了多日的生存的那一类消息，我同样地不介于怀……大家都抽烟卷，我为什么不？如其它是有毒的，那么茶叶也是有毒的，而茶叶在中国原是一种民需，又是一种骚人墨客的清赏品，并且由中国行销到了全世界——好像烟草由热带流传遍了全世界那样。有人说，古代的饮料，中国幸亏有茶，西方幸亏有啤酒，不然，都来喝冷水，恐怕人种早已绝迹于地面了，这或许是一种快意之言，不过，事物都是有正面与反面的。烟、酒，据医学而言，都是有毒的，但是鸦片与白兰地，医士也拿了来治病。一种物件我们不能说是有毒或无毒，只能说，适当，不适当的程度，在施用的时候。

抽烟卷正式地成为我的一种习惯以后，我便由一天几支加到了一天几十支，并且，驱于好奇心，迫于环境，各种的烟卷我都抽到了，江苏菜一般的“佛及尼”与四川菜一般的“埃及”，舶来品与国货，小号与“Grandeur”“Navy cut”与“Straight cut”，橡皮头与非橡皮头，带纸嘴的与不带纸嘴的，“大炮台”与“大英牌”，纸包与“听”与方铁盒。我并非一个为吸烟而吸烟的人——这一点自认，当然是我所自觉惭愧的——我之所以吸烟，完全是开端于无聊，继续于习惯，好像我之所以生存那样。买烟卷的时候，我并不限定于哪一种；只是买得了不辣咽喉的烟卷的时候，我决不买辣咽喉的烟卷，这个如其算是我对于烟卷之选择上的一种限定，也未尝不可。吸烟上的我的立场，正像我在幼年搜罗画片，采集邮票时的立场，又像一班人狎妓时的立场；道地的一句话，它便是一般人在生活的享受上的立场。

我咀嚼生活，并不曾咀嚼出多少的滋味来，那么，我之不知烟味而做了一个吸烟的人，也多少可以自宽自解了，我只知道，优好的烟卷浓而不辣，恶劣的烟卷辣而不浓；至于普通的烟卷，则是相近而相忘的，除非到了那一时没得抽或是那抽得太多了的时候。

橡皮头自然是方便的，不过我个人总嫌它是一种滑头，不能叼在唇皮之上，增加一种切肤的亲密的快感，即使有时要被那烟卷上的稻纸带下了一块唇皮，流出了少量的血来，个人的，我终究觉得那偶尔的牺牲还是值得的，我终究觉得“非橡皮头”还是比橡皮头好。

烟嘴这个问题，好像个人的生活这个问题、中国的出路这个问题一样，我也曾经慎重地考虑过。烟嘴与橡皮头，它们的创作是基于同一的理由。不过烟嘴在用了几天以后，气管中便会发生一种交通不便的现象，在这种的关头上，烟油与烟气便并立于交战的地位，终于烟油越裹越多，烟气越来越少，烟嘴便失去烟嘴的功效了。原来是图求清洁的，如今反而不洁了；吸烟原来是要吸入烟气到口中、喉内的，如今是双唇与双颊用了许大的力量，也不能吸到若干的烟气，一任那火神将烟卷无补于实际地燃烧成了白灰、黑灰。肃清烟嘴中的积滞，那是一种不讨欢喜的工作；虽说吸烟是为了有的是闲工夫，却很少有人愿意将他的闲工夫用在扫清烟嘴中的烟油的这种工作之上。我宁可去直接地吸一支畅快的烟，取得我所想要取得的满足，即使熏黄了食指与中指的指尖。

有时候，道学气一发作，我也曾经发过狠来戒烟，但是，早晨醒来的时候，喉咙里总免不了要发痒，吐痰……我又发一个狠，忍住；到了吃完午饭以后，这时候是一饱解百忧，对于百事都是怀抱着一种一任其所之、于我并无妨害的态度，于是便记忆了起来，自己发狠来戒吸的这桩事件，于是便拍着肚皮地自笑起来，戒烟不戒烟，这也算不了怎么一回大事，肚子饱了，不必去考虑吧……啊，那一夜半天以后的第一口深吸！这或者便是道学气的好处，消极的。

还有时候，当然是手头十分窘急的时候，“省俭”这个布衣的，面貌清癯的神道教我不要抽烟，他又说，这一层如其是办不到，至少是要限定每天吸用的支数。于是我便用了一只空罐装好今天所要吸的支数；这样实行了几天，或是一天，又发生了一种阻折，大半是作诗，使得我背叛了神旨，在晚间的空罐内五支五支地再加进去烟卷。我，以及一般人，真是愚蠢得不可救药，宁可将享受在一次之内疯狂地去吞咽了，在事后去受苦，自责，决不肯，决不能算术地将它分配开来，长久地去受用！

烟卷，我说过了，我是与它相近而相忘的；倒是与烟卷有连带关系的项目，有些我是觉得津津有味，常时来取出它们于“回忆”的池水，拿来仔细品尝的。这或许是幼时好搜罗画片的那种童性的遗留吧。也许，在这个世界上，事物的本身原来是没有什么滋味，它们的滋味全在附带的枝节之上吧。

烟罐的装潢，据我个人的嗜好而言，是“加利克”最好。或许是因为我是一个有些好“发思古之幽情”的文人，所以那种以一个蜚声于英国古代的伶人做牌号的烟卷，烟罐上印有他的像，又引有一个英国古代的文人赞美烟草的话，最博得我的欢心。正如一朵花，由美人的手中递与了我们，拿着它的时候，我们在花的美丽上又增加了美丽的联想。

广告，烟卷业在这上面所耗去的金钱真正不少。实际地说来，将这笔巨大的广告费转用在烟卷的实质的增丰之上，岂不使得购买烟卷的人更受实惠吗？像一些反对一切的广告的人那样，我从前对于烟卷的广告，也曾经这样想过。如今知道了，不然，人类的感觉，思想是最囿于自我，最漠于外界的……所以自从天地开辟以来，自从创世以来，苹果尽管由树上落到地上，要到牛顿，他才悟出来此中的道理；没有一根拦头的棒，实体的或是抽象的，来击上他的肉体，人是不会在感觉、思想之上发生什么反应的。没有鲜明刺目的广告，人们便引不起对于一种货品的注意。广告并不仅仅限于货品之上，求爱者的修饰、衣着便是求爱者的广告，政治家的宣言便是政治家的广告，甚至于每个人的言语、行为，它们也便是每个人的广告。广告既然是一种基于人性的需要，那么，充分地去发展它，即使消费去多量的金钱，那也是不能算作浪费的。

广告还有一种功用，增加愉快的联想。“幸中”这种烟卷在广告方面采用了一种特殊的策略；在每期的杂志上，它的广告总是一帧名伶、名歌者的彩色的像，下面印有这最要保养咽喉的人的一封证明这种烟并不伤害咽喉的信件，页底印着，最重要的一层，这名伶、名歌者的亲笔签名。或许这个签字是公司方面用金钱买来的，（这种烟也无异于他种的烟，受恳的人并不至于受良心上的责备）购买这种烟卷的人呢，我们也不能说他们是受了愚弄，因为这种烟卷的售价并没有因了这一场的广告而增高。这一场的广告，当然增加了这种烟卷的销路，同时也给予了购者以一种愉快的联想：本来是一种平凡的烟卷，而购吸者却能泛起来一种幻想，这个、那个名伶、名歌者也同时在吸用着它。又有一种广告，上面画着一个酷似那“它的女子”Clara Bow 半身女像，撮拢了她的血红的双唇，唇显得很厚，口显得很圆，她又高昂起她的下巴，低垂着她的眼睑，一双瞳子向下地望着；这幅富于暗示与联想的广告，我们简直可以说是不亚于魏尔伦（Verlaine）的一首漂亮的小诗了。

抽烟卷也可以说是我命中所注定了的，因为由十岁起，我便看惯了它的一种变相的广告——画片。

辑四

那些灯影斑驳的往事

人老了，就不再往前走了，而是往后退，

蹒跚地走回年轻时代，

想把那些值得一提的事、没来得及做和想的事情

重新想一次。

北大河

◎ 刘半农

唯中华民国十有八年（1929 年）有二月，北京大学三十一周年纪念刊将出版，同学们要我作篇文章凑凑趣，可巧这几天我的文章正是闹着“挤兑”（平时答应人家的文章，现在不约而同地来催交卷），实在有些对付不过来。但事关北大，而又值三十一周年大庆，即使作不出文章，榨油也该榨出一些来才是，因此不假思索，随口答应了。

我想：这纪念刊上的文章，大概有两种做法。第一种是说好话，犹如人家办喜事，总得找个口齿伶俐的伴娘来，大吉大利说上一大套，从“红绿双双”起，直说到“将来养个状元郎”为止。这一工我有点做不来，而且地位也不配：必须是校长，教务长等来说，才能说得冠冕堂皇，雍容大雅，而区区则非其人也。第二种说老话，犹如白发宫人，说开天遗事，从当初管学大臣戴着红顶花翎一摆一摇走进四公主府说起，说到今天二十九号汽车在景山东街啵啵啵；从当初同学中的宽袍大袖，摇头抖腿，抽长烟管的冬烘先生说起，说到今天同学中的油头粉脸，穿西装，拖长裤的“春烘先生”（注曰：春烘者，春情内烘也）。这一工，我又有点不敢做，因为我在学校里，虽然也可以窃附于老饭桶之列，但究竟不甚老：老于我者大有人在。不老而卖老，绝不能说得“像煞有介事”；要是说错了给人挑眼，岂非大糟而特糟。

好话既不能说，老话又不敢说，故而真有点尴尬哉！

哈！有啦！说说三院面前的那条河吧！

我不知道这条河叫什么名字。就河沿说，三院面前叫作北河沿，对岸却叫作东河沿。东与北相对，不知是何种逻辑。到一过东安门桥，就不分此岸彼岸，都叫作南河沿；剩下的一个西河沿，却丢在远远的前门外。这又不知是何种逻辑。

真要考定这条河的名字，亦许拿几本旧书翻翻，可以翻得出。但考据这玩意儿，最好让给胡适之顾颉刚两先生“卖独份”，我们要“玩票”，总不免吃力不讨好。

亦许这条河从来就没有过名字，其唯一的名字就是秃头的“河”，犹如古代黄河就叫作河。

我是个生长南方的人，所谓“网鱼漉鳖，在河之洲；咀嚼菱藕，捃拾鸡头；蛙羹蚌臛，以为膳羞；布袍芒履，倒骑水牛”，正是我小时候最有趣的生活，虽然在杨元慎看来，这是吴中“寒门之鬼”的生活。

在八九岁时，我父亲因为我喜欢瞎涂，买了两部小画谱，给我学习。我学了不久，居然就知道一小点加一大点，是个鸭，倒写“人”字是个雁；一重画之上交一轻撇是个船，把“且”字写歪了不写中心二笔是个帆船。我父亲看了很喜欢，时时找几个懂画的朋友到家里来赏鉴我的杰作。记得有一天，一位老伯向我说：“画山水，最重要的是要有水。有水无山，也可以凑成一幅。有山无水，无论怎样画，总是死板板的，令人透气不得。因为水是表显聪明和秀媚的。画中一有水，就可以使人神意悠扬远了。”他这话，就现在看来，也未必是画学中的金科玉律；但在当时，却飞也似的向我幼小的心窝眼儿里一钻，钻进去了再也不肯跑出来；因而养成了我的爱水的观念，直到“此刻现在”，还是根深蒂固。

民国六年（1917年），我初到北京，因为未带家眷，一个人打光棍，就借住在三院教员休息室后面的一间屋子里。初到时，真不把门口的那条小河放在眼里，因为在南方，这种河算得了什么，不是遍地皆是吗？到过了几个月，观念渐渐地改变了。因为走遍了北京城，竟找不出同样的一条河来。那时北海尚未开放，只能在走过金鳌玉栋桥时，老远地望望。桥南隔绝中海的那道墙，是直到去年夏季才拆去的。围绕皇城的那条河，虽然也是河，却因附近的居民太多了，一边又有高高的皇城矗立着，看上去总不大入眼。归根结底说一句，你若要在北京城里，找到一点带有民间色彩的，带有江南风趣的水，就只有三院前面的那条河。什刹海虽然很好，可已在后门外面了。

自此以后，我对于这条河的感情一天好一天；不但对于河，便对于岸上的一草一木，也都有特别的趣味。那时我同胡适之，正起劲作白话诗。在这一条河上，彼此都吟过了好几首。虽然后来因为吟得不好，全都将稿子揉去了，而当时摇头摆脑之酸态，固至今犹恍然在目也。

不料我正是宝贵着这条河，这条河却死不争气！十多年来，河面日见其窄，河身日见其高，水量日见其少，有水的部分日见其短。这并不是我空口撒谎：此间不乏十年以上的老人，一问便知端的。

在十年前，只隆冬河水结冰时，有点乌烟瘴气，其余春夏秋三季，河水永远满满的，亮晶晶的，反映着岸上的人物草木房屋，觉得分外玲珑，分外明净。靠东安门桥的石岸，也不像今日的东歪西欹，只偷剩了三块半的石头。两岸的杨柳，别说是春天的青青的嫩芽，夏天的浓条密缕，便是秋天的枯枝，也总饱含着诗意，能使我们感到课余之暇，在河岸上走上半点钟是很值得的。

现在呢，春天还你个没有水，河底正对着老天；秋天又还你个没有水，老天正对着河底！夏天有了一些水了，可是臭气冲天，做了附近一带的蚊蚋的大本营。

只是十多年的工夫，我就亲眼看着这条河起了这样的一个大变化。所以人生虽然是朝露，在北平地方，却也大可以略阅沧桑！

再过十多年，这条河一定可以没有，一定可以化为平地。到那时，现在在蒙藏院前面一带河底里练习掷手榴弹的丘八太爷们，一定可以移到我们三院面前来练习了！

诸公不信吗？试看西河沿。当初是漕运的最终停泊点；据清朝中叶人所做的笔记，在当时还是樯桅林立的。现在呢，可已是涓滴不遗了！

基于以上的“瞎闹”（据师范大学高才先生们的教育理论，做教员的不“瞎闹”就是“瞎不闹”，其失维均，故区区亦乐得而瞎闹），谨以一片至诚，将下列建议提出诸位同事及诸位同学之前——

第一，那条河的最大部分（几乎可以说是全体），都在我们北大区域之内（我们北大虽然没有划定区域，但南至东安门，北达三道桥，西迄景山，谁也不能不承认这是我们北大的势力范围矩——谓之为“矩”而不言“圈”者，因其形似矩也——而那条河，就是矩的外直边），我们不管它有无旧名，应即赐以嘉名曰“北大河”。

第二，既称北大河，此河应即为北大所有。但所谓为北大所有，并不是我们要把它拿起来包在纸里，藏在铁箱里，只是说：我们对于此河，应当尽力保护；它虽然在校舍外面，应当看得同校舍里的东西一样宝贵。譬如目今最重要的问题，是将河中积土设法挑去，使它回复河的形状，别老是这么像害着第三期的肺病似的。这件事，一到明年开春解冻，就可以着手办理。至于钱，据何海秋先生说——今年上半年我同他谈过——也不过数百元就够；那么，老老实实由学校里掏腰包就是，不必向市政府去磕头，因为市政府连小一点的马路都认为支路不肯修，哪有闲情逸致来挑河？（但若经费过多，自当设法请驻平的军队来帮帮忙。）此外，学校里可以专雇一两个，或拨一两个听差，常在河岸上走走。要是有谁家的小少爷，走到河边拉开屁股就拉屎，就向他说："小弟弟，请你走远一步吧，这不是你府上的中厕啊！"或有谁家的老太太，要把秽土向河里倒，就向她说："你老可怜可怜我们的北大河吧！这大的北平城，哪一处不可以倒秽土呢？劳驾啊，我给您请安！"诸如此类，神而明之，会而通之，是在哲者。

河岸上的树，现在虽然不少，但空缺处还很多。我的意思，最好此后每年每班毕业时，便在河旁种一株纪念树，树下竖石碑，勒全班姓名。这样，每年虽然只种十多株，时间积久了，可就是洋洋大观了。假如到了北大开一百周年纪念会时，有一个学生指着某一株树说："瞧，这还是我曾祖父毕业那年种的树呢。"他的朋友说："对啊！那一株，不是我曾祖母老太太密斯某毕业的一年种的吗？"诸位试闭目想想，这还值不得说声“懿欤休哉”吗？

总而言之，言而总之，我虽然不相信风水，我总觉得水之为物，用腐旧的话来说，可以启发灵思；用时髦的话来说，可以滋润心田。要是我们真能把现在的一条臭水沟，造成一条绿水涟漪，垂杨飘拂的北大河，它一定能于无形中使北大的文学，美术，及全校同人的精神修养上，得到不少的帮助。

我人话已说完，诸位赞成的请高举贵手；不赞成就拉倒，算我白费，请大家安心在臭水沟旁过活！

光与影

◎ 迟子建

光肯定不单单是为了黑暗而存在的，因为光也生长在光明的时刻。比如白昼时大地上飞舞的阳光，它就是光明中的光明。当然，大多的光是因了黑暗的存在而存在的，生长这样光明的物品有：蜡烛、油灯、马灯、电灯泡、灯笼、篝火，等等。月亮和星星无疑也是生长在黑暗中的光明，但它们可能是无意识地生长的，所以对待黑暗的态度也相对宽容些。月亮有圆有缺，即使它满月时，也可能一头扎进乌云的大厚被子中蒙头大睡，全不管有多少夜行人等待它的光明。星星呢，它们的光暗淡的时候多于明亮时，所以人类想借助它们的光明，是不大容易的。

我记忆最深的光，是烛光。上小学的时候，山村还没有通电，就得用烛光撕裂长夜了。那时供销社里卖得最多是蜡烛，蜡烛多是五支一包，用黄纸裹着。当然也有十支一包的，那样的蜡烛就比较细了。蜡烛白色的居多，但也有红色的，人们喜欢买上几包红蜡烛，留到节日去点。所以供销社里一旦进了红蜡烛，买它的人就会挤破门槛。在那个年代，蜡烛是完全可以作为礼品送人的。正月串亲戚的人的礼品袋中，除了鸡、鸭、罐头和布匹外，很可能就会有几包蜡烛。懂得节省的人家，一支蜡烛能使上四五天，只要月亮的光能借上，他们就会敞开门窗，让月光奔涌而入，刷碗扫地，洗衣铺炕。我最爱做的，就是剪烛花。蜡烛燃烧半小时左右，棉芯就会跳出猩红的火花，如果不剪它，费蜡烛不说，它还会淌下串串烛泪，脏了蜡烛。

我剪烛花，不像别人似的用剪刀，我用的是自己的手，将大拇指和二拇指并到一起，屏住气息探进烛苗，尖锐的指甲盖比剪刀还要锋利，一截棉芯被飞快地掐折了，蜡烛的光焰又变得斯文了。我这样做，从未把手烧着，不是我肉皮厚，而是做这一切眼疾手快，火还没来得及舔舐我。烧剩的蜡烛瘪着身子，但它们也不会被扔掉，女孩子们喜欢把它们攒到一起，用一个铁皮盒盛了，坐到火炉上，熔化了它们，采来几枝干树枝，用手指蘸着滚烫的烛油捏蜡花。蜡花如梅花，看上去晶莹璀璨，有喜欢粉色的，就在蜡烛中添上一截红烛，熔化后捏出的蜡花就是粉红色的了。在那个年代，谁家的柜子和窗棂里没有插着几枝蜡花呢！看来光的结束也不总是黑暗，通过另一种渠道，它们又会获得明媚的新生。

光中最不令我喜欢的就是阳光了。往往我还没有睡足呢，它就把窗户照得雪亮了。夏天的时候，它会晃得你睁不开眼睛，让人在强烈的光明中反倒有失明的感觉。不过我不讨厌黄昏时刻的阳光，它们简直就是从天堂播撒下来的一道道金线，让大地透出辉煌。比较而言，月光是最不令人厌烦的了，也许有强大的黑暗作为映衬，它的光总是柔柔的，带着股如烟似雾的缥缈气息，给人带来无边的遐想和温存的心境。好的月光质感强烈，你觉得落到手上的仿佛不是光，而是绸带，顺手可以用来束头发的。而且泻在山山水水的月光也不像阳光那样贫乏，月光使山变得清幽，让水变得柔情，流水裹挟着月光向前，让人觉得河面像根巨大的琴弦一样灿烂，清风轻轻抚过，它就会发出悠扬的乐声。

马灯和油灯，因为有了玻璃灯罩作为衬托，其性质有点像后来的电灯了。很奇怪，我印象中使马灯的都是些老气横秋的更夫和马倌，他们提着它，要么去给牲口喂夜草，要么去检查门闩是否闩上了。而掌着油灯的人呢，又多数是年老的妇人，她们守着油灯纳鞋底或者是补衣裳，油灯那如豆的火苗一耸一耸的，映着她们花白的头发和衰老平和的面庞。所以我觉得马灯和油灯与棺材前的长明灯密切相关，因为使着这两种灯的人，离点长明灯的日子是不远的了。

有了光，而又有了形形色色的天上和人间的事物，就有了影子。

云和青山有影子，它们的影子往往是投映在水面上了；树、房屋、牲畜、篱笆、人、花朵与飞鸟，都会产生影子。有些影子是好看的，如月光下被清风摇曳的树影，黄昏时水面漂泊的夕阳的影子，以及烛光中小花猫蹑手蹑脚偷食儿的影子。我印象最深的影子，是烛光反射到墙面的影子，它们有桌子的影子，有花瓶的影子，有插在柜角的鸡毛掸子的影子，也有人影。这些上了墙的影子随着光的变幻而变幻着，忽而胖了，忽而又瘦了；忽而长了，忽而又短了，让人觉得影子毕竟是影子，一从实物中脱离出来，它就走了样了。

老人们爱说，一个人有影子是好事情，要是有一天你发现自己的影子消失了，说明你离做鬼的日子不远了。所以我从小特别恐惧看自己的影子。它在，你可以气定神凝；一旦寻不着它，真的会急出一身冷汗，以为身后已经跟着一群小鬼了。而一个人即使沐浴在光明中，也并不总能看到自己的影子。而且，自己的影子有时也会吓着自己，比如走夜路的时候，我在前面走，我的影子就跟在我后面走，让我觉得身后跟着一个人，惴惴不安的。回过头一望，影子却不见了，可当你转过身接着行走的时候，影子又跟在身后了，甩也甩不掉，就像一条忠诚于主人的狗一样，一直跟着你。

在光与影的回忆中，有一把小提琴的影子会浮现出来。我家的墙壁上挂着一把小提琴，只有父亲能让它歌唱。它的旋律响起来的时候，即使在阴郁的天气中，你仍能感受到光明。“文革”中，那把小提琴被砸烂了，因为那是属于小资阶级的东西。琴声能流淌出光明，这样的光明能照亮人荒芜的心，可是这种光明是看不到影子的，如果用老人们的说法去推理它，音乐与鬼魅就是难解难分的了。难怪最忧伤最动人的旋律在给人带来心灵光明的时候，也会在一个特殊年代带来生活上的灾难，因为音乐带着鬼啊。

生活的富足，使马灯、油灯渐次别我们而去了，烛台也只成了一种时髦的展览了。当我们踏着繁华街市中越来越绚丽的霓虹灯的灯影归家，为再也找不见旧时灯影的痕迹而发出一声叹息的时候，那些灯影斑驳的往事，注定会在午夜梦回时幽幽地呈现。

半个月亮爬上来

◎ 徐则臣

狗又叫了起来，无数的狗，零散地从大平原上发出声音，不是遍地是贼的狂咬，而是缓慢的、梦幻般的遥远的吠叫，更像是叫声的影子。这是我在夜晚听见最多的声音，也几乎是唯一的声音。夜幕垂帘，好像黑暗把村庄从大地上一把抹掉，只剩下这些孤零零的狗咬，和清白的台灯下半个明亮的我的房间，一张书桌，一沓纸，一支握在手里的笔。

白天有那么一会儿，我的情绪是明快的。太阳很温暖，漫无边际地把金黄色的光洒遍村庄。光线清澈，把我的房屋顶上的天空抬得很高。一片明净，白杨树光秃高拔的树梢伸向蓝天。漆黑的夜和沉沉的睡梦终于过去了，我一觉醒来已是上午九点，头一歪看见金色的窗户。母亲在院子里说，快起来，多好的天，冬天里的大太阳。

难得的好天气。我出了门就看到高远的青天，兔子在院子里追逐跳跃，我得把棉袄的另一个袖子穿上。草草地洗漱，吃了点早饭，我没有按照原定的想法去读书写作，而是决定好好地在阳光里走一走看一看。昨天晚上村庄给我的是一个冷清的黑脸，沉寂的冬夜让我难过。现在好了，把那些黑的、冷的东西翻出来，就像晒被子一样拿到太阳下照一照。

我只在房前屋后走了走，没有越过岸边堆满了枯枝败叶的后河。后河水将要干涸，亮出了泛白的河底，河对岸是田野和庄稼地，铺展着平坦的麦苗，麦苗之上挺立着瘦硬的枯树。好多年了，我只在寒暑假时节匆匆地在家小住，用母亲的说法，屁股还没把板凳焐热就走了。短短的时间里，我很少走过颓废的后河桥去到对岸，再向北走就是我家的菜园子。我也很少去，尤其在冬天。我知道这时候的菜园子形同虚设，一畦畦田垄了无生气，只有几株瘦小的菠菜和蒜苗，因为寒冷而抱紧了大地。无数年来菜园子们都是这么度过它的冬天，可是此刻，我总是能发现它们的陌生。而阳光是多么的好。

祖母坐在院子中的藤椅里，半眯着眼，阳光落满一身。多好的天，祖母说，照得人想睡觉。然后自顾说起话来。祖母也许知道我会坐下来认真听。我喜欢听她讲述那些陈年旧事，尤其从写小说之后，特别注意搜集那些遥远的故事。对我来说，祖母那一代人的时光已经十分陌生了，对于今天的世界，那是些失踪了的生活，如果祖母不在太阳下讲述出来，它们就永远不会回来了。祖母讲的多是这个村庄里多年前琐碎的恩怨情仇、奇闻怪事。每一位祖母都是讲故事的好手，这绝非作家们为了炫耀师承而矫情编造的谎话。祖母们从她们的时光深处走过来，口袋里的故事我们闻所未闻，更具魅力的是她们讲故事的方式，有一搭没一搭的，想到哪说到哪，自由散漫，间以咳嗽和吐痰的声音，不时拍打老棉袄上的阳光，然后就忘了刚刚讲到的是谁家的事，提醒也无济于事，她又开了另一家人的故事的头，从老人的死说起，从小孩的出生说起，或者从哪一家迎亲时的牛车和一个大饼说起。那些已经有了霉味的故事被抖落在太阳底下，也像被子那样被重新晾晒。

祖母年迈之后，讲述往事成了她最为专注的一件事。听父亲说，祖母睡眠很少，夜里一觉醒来就要把祖父叫醒，向他不厌其烦地讲过去的事。那些事祖父要么经历过，要么已经听过无数次，反正他已是耳熟能详。但祖父还是不厌其烦地听，不时凭着自己的记忆认真地修正。他们在回首过去时得到了乐趣。人老了，就不再往前走了，而是往后退，蹒跚地走回年轻时代，想把那些值得一提的事、那些没来得及做和想的事情重新做一遍想一次。他们想看清楚这辈子如何走了这么远的路。祖母显然常常沉醉在过去的时光里，或者真是太阳很好让人想睡，她讲着讲着就闭上了眼，语速慢了下来，仿佛有着沉重的时光拖曳的艰难，讲述开始像梦呓一样飘飘忽忽。

午饭之后我又听了半个下午。三点钟的时候太阳依然很好，我也挺不住了，不得不回到房间把推迟的午觉捡起来。

一觉混沌。醒来时已经五点多，天色黯淡，夜晚迫在眉睫。阳光消失不见了，我大梦醒觉得不知今夕何夕的满足感陡然败落，心情也跟着坏了下来。真想闭上眼接着睡过去，以便在一片大好的阳光里重新醒来。但是此刻睡意全无，母亲正张罗着晚饭，让我起床，一会儿就该吃晚饭了。

看来夜晚无法避免。

繁星

◎ 巴金

我爱月夜，但我也爱星天。从前在家乡，七八月的夜晚，在庭院里纳凉的时候，我最爱看天上密密麻麻的繁星。望着星天，我就会忘记一切，仿佛回到了母亲的怀里似的。

三年前在南京，我住的地方有一道后门，每晚我打开后门，便看见一个静寂的夜。下面是一片菜园，上面是星群密布的蓝天。星光在我们的肉眼里虽然微小，然而它使我们觉得光明无处不在。那时候我正在读一些关于天文学的书，也认得一些星星，好像它们就是我的朋友，它们常常在和我谈话一样。

如今在海上，每晚和繁星相对，我把它们认得很熟了。我躺在舱面上，仰望天空。深蓝色的天空里悬着无数半明半昧的星。船在动，星也在动，它们是这样低，真是摇摇欲坠呢！渐渐地我的眼睛模糊了，我好像看见无数萤火虫在我的周围飞舞。海上的夜是柔和的，是静寂的，是梦幻的。我望着那许多认识的星，我仿佛看见它们在对我眨眼，我仿佛听见它们在小声说话。这时我忘记了一切。在星的怀抱中我微笑着，我沉睡着。我觉得自己是一个小孩子，现在睡在母亲的怀里了。

有一夜，那个在哥伦波上船的英国人指给我看天上的巨人。他用手指着：那四颗明亮的星是头，下面的几颗是身子，这几颗是手，那几颗是腿和脚，还有三颗星算是腰带。经他这一番指点，我果然看清楚了那个天上的巨人。看，那个巨人还在跑呢！

谈胡子

◎ 梁得所

生平第一次试留胡子，是在西北旅行的时候。一个多月留成，可是犯了普通的毛病——疏而不黑，于是认为失败而剃掉。我想，留不起来就不要留，一个人贵乎自量。

关于胡子的通病，记得从前曾经描写过，写的是一个大学生的日记：

“对镜看看几个月来苦心培植的胡子，寥寥可数，简直像篮球比赛的人数，每边五支；极其量不过如足球队员，两边合计连候补总数不满三十。

疏不要紧，最糟的，较长的几根都生近唇角两端，人中部分反而空着，这是不紧张而且有点腐化的形式。真佩服东洋人，胡子密集于人中。大概日本之强，就强在这一点——理由说不出，不过以为如此吧。”

胡子之疏密，如品性之贤愚一般由于天赋，而年岁大有关系。四五十岁的朋友，天天剃刮，因为其时胡子长得最浓，而他们还未甘于认老。到六七十岁，不能不认，而且倚老卖老了，留须不成问题。最奇怪的，二十多岁的朋友最喜欢留胡子，唯恐其不黑不长，大概物罕为奇，要求超时代的美。正如上海女校的一位四十左右的学监，自谓唯其年老，所以要搽脂粉，画眼眉。

男子的须和女子的眉，是很相类似的。女子自己不见得喜欢弯的眉，只因男子爱看，她们就画弯了。同样，胡须虽然生在男子的唇边，而问题却在女子的眼里。女子对于胡子的意见到底如何呢？记得有一次闲谈，偶然涉及这问题，现在追述一下吧。

是三个月之前了，我们旅行过河北定县，在友人孙伏园和熊佛西两先生的寓所饭后闲谈，我对伏园先生说：

“自从你和令弟福熙先生到欧洲去，几年不见，你依然一样，胡须却改变了。”伏园的胡子从前是陕西于右任式，现在改为法兰西莫泊桑式。

“从前的好玩！现在改剪也是好玩。”孙老头子圆圆的眼睛和双颊的笑窝今昔不变。

座中郑先生——也是有胡子的——忽然问道：“令弟也和你一样留着胡子的吗？”

孙笑答：“他若留起来也许比我更浓，只是他不留吧。”

佛西先生插嘴道：“福熙现在哪里是留须的时候！”

“你错了，女人喜欢有胡子的哩。”郑先生不假思索地把胡子牵到女人心理。

“何以见得？”佛西扪须而问，“尊夫人对你说过吗？”

“不用谁说，一般女子心理如此。”郑答。

我想，“一般”两字太笼统。大概郑先生不欲直认夫人之言，就之乎现在文人泛骂世风日下社会黑暗，却不便指明某人某事。

好在伏园先生援助其说：“莫泊桑小说中有一个女人说道，和没有胡子的男人接吻，像吻着豆腐一般无味。”

我说：“恐怕莫泊桑因为自己留了胡子，故借小说中人自赞；而你留着莫式胡子，是以引他的小说自解吧。”

“女人是喜欢胡子的，”郑先生重申其说，“因为胡子表出可靠而不轻佻。”

“你的意见我始终怀疑。”我说，“胡子式样不一，其中有些足适以表示轻佻。而且，女人是否爱老实而憎轻佻，这也不能一言以蔽之的。”

“你们的话都没有根据的，”佛西先生批评，“欲得答案，除非请女人投票‘Yes or No’，统计取决。”

我想，这办法也靠不住。因为女人根本不说 Yes 的。她们说

No，意思是 Perhaps ；说 Perhaps，就等于 Yes。

事实上没有人征求投票，对于胡子问题，当日的闲谈自然是毫无结论的。

最近，另有一次茶话，不知怎的又牵及胡子问题，座中有两位颇相熟的小姐，于是乘便问问女子对于胡须以为讨厌抑或羡慕。

A 小姐答："我不知道！"

这答案答了等于未答，而且自己心意哪有不知的呢？然而我没有再问，因为难道我们苛求女子一定说真话吗？

问 B 小姐，她抿着嘴笑而不答。

不答我更认为满意。因为她若说"不知"，固然是撒谎；要是说"讨厌"，也许其实是"羡慕"。答话未必可信，唯有"缄默"，才是女子绝对的诚实。

洗澡

◎ 李娟

赛虎很害怕洗澡。然而长期在野外生活，又是个白狗，不洗澡的话，后果很严重。

好在它的衣服具可再生性，哪块弄脏了我妈就剪掉哪块。比洗澡方便多了。

于是夏天还没过去，赛虎就成了癞皮狗。

加上浑身挂满了苍耳，赛虎达到了狗生中最狼狈的巅峰时刻。

对了，还有它的狗肚皮，脏得都快长不出毛了。

几粒小奶头统统变成了黑豆豆……

赛虎在门口空地上仰面朝天晒太阳，几粒黑豆豆引起了一只老母鸡的注意。

它踱至它的身边，歪着脑袋疑惑地观察了半天。为确认自己的判断，它以迅雷不及掩耳之势……无比精准地……猛叨一口……

唉，赛虎那一声惨叫，我终生难忘。

丑丑恰恰相反，一天洗三次澡，神经性洁癖。

我妈天天骂丑丑，说从没见过这么蠢的狗。天气越来越冷，夜里已经开始打霜了，这家伙仍一大早准时下河。还游来游去玩得爽得不行，只露个脑袋在水面上。

“不怕冷吗？这个牲口，真是个牲口，不知冷热的牲口！”她掖紧身上的棉衣，絮絮叨叨地骂。

我难以理解她为何气成那样，简直比为丑丑偷鞋子而善后还要生气。

大约她自己怕冷吧，就以为别人以及别狗都跟她一样冷不得。

说实话，我还真没见过像丑丑那样喜欢水的狗。大江大河也罢，路边的泥水坑也罢，只要一看到水，这家伙就不要命地往里跳。扑腾一番，再上岸打滚，滚得浑身泥坨。再故作无辜地往你身上扑。

丑丑身架高大，样子凶恶。长得跟条狼似的威风凛凛，令人心生畏惧。可做起蠢事来，却让人根本没法顾及它狼一样的外表，只想逮着一顿猛揍。

丑丑喜欢撒娇，可它那副体态，撒起娇简直能置人于死地。

——先猛扑，再用狗脑袋猛撞，然后两只粗壮的前爪紧紧搂着你的腰身左右猛晃。尾巴快要摇到天上去了。

那时，绝对没人会对这条撒娇狗心生怜意。只恨不能一手抓一只它的前爪，三百六十度抡圆了扔出去。

可问题是谁能抡得动这么大一条狗啊！

总之，每当明明浑身泥浆还自以为出水芙蓉的丑丑向我扑来时，我发出的尖叫能惊动所有电站职工。

大约水电站偏远寂寞，电站的工作又清闲，电站职工偶尔会过来串个门子。

其中一个年轻的女人尤其热切，隔几天就来看我一次。

我不知道她喜欢我什么，也不知自己为什么也挺喜欢她。大约都很寂寞吧。

她可能觉得我家伙食开得不好，每天餐桌上只看到萝卜白菜，于是每次来都会捎几只他们食堂剩下的油饼和包子。有时还有她从城里带来的水果、火腿肠之类的零食。

每次来，她都找我讨一只花盘。

此时花盘已经渐渐成熟。我带着她走进深深的葵花地，挑了又挑，最后砍下最大最饱满的一只花盘。

新鲜葵花籽的口感有些像新鲜核桃，皮软，仁嫩，油分不大，清甜滋润。

我们捧着花盘，把瓜子一粒粒抠出，边剥，边吃，边互相打探对方底细。直到对方收入多少谈过几个对象都搞得一清二楚为止。

每次告别时，她总会盛情邀请我去她宿舍玩。还总会提到，她们那里有沐浴设备，可以洗澡。

我不知她为什么这么热情，洗澡的事都提过好几次了。

直到有一天我照了一下镜子，才明白……

我已经一个多月没好好洗澡了。只在天气热的时候，关上门，拧块毛巾擦擦。或者烧一锅水洗洗头。

反正种地的人嘛，都不太讲究。反正生活在此处，一天到晚也见不着几个外人……思路渐渐向我妈靠拢了。不由警惕。

不过自从搬到水库边，用水就方便多了。

我每天去小河边打水。小河离得不远，向南穿过一大片芦苇荡就到了。但是水很混浊，至少得静置一整天才能澄清。

有一次我去地里找我妈，无意中走到这条河的下游，又不知不觉沿着河往西走了一公里远。在那里，发现了这条河的一条支流。支流更窄更浅，但水流又清又缓，流得平平展展。水底是洁白的沙滩，两岸是芦苇丛和低矮的灌木。

要是我们住在此处多好啊。

过了中秋节，气温突然回升。虽然一早一晚还是很冷，但正午那会儿简直算得上是“酷热”。

那两天总是会想到这条小河，思量着悄悄过去洗个澡。

那边芦苇浓密，河边只有牛羊走出来的野路。离村庄和田野又远，估计不会有人经过。

于是一天正午，我带着换洗的衣服和香皂，顶着大太阳往那里走去。

谁知到了地方，试了一下水温，没想到明晃晃的大太阳下，水却依旧冰冷刺骨。

应该能想到的，毕竟已经九月了，早晚温差巨大。水又是冰川所化，虽然已经流了几百公里。

总之，还没洗完脚就冻得坚持不住了……只好原样抱着衣服回去。

于是，当电站的那个姑娘再次邀请我去洗澡的时候，我立马同意了，并大力感谢她。

我带着衣服和拖鞋跟她向洗澡的地方走去。却发现目的地不是宿舍，而是他们值班的机房。

原来，是一个公用的小沐浴间。

职工本来就少，又大多只在回城之前洗一洗。所以平时都是闲置的。

机房里有许多巨型仪表设备，还有好多转轮、管道之类的机械装置。在角落里，有一个地道入口。她打开入口处的栅栏铁门，领着我一同向着黑暗的下方走去。

梯道又暗又窄又长。下面又有一道防盗门。还没走到近前就听到机器的轰鸣声。

一打开门，声音猛地膨胀。我仿佛被卷入了巨型机械的运转之中。

下面的空间很大，却非常黑暗。虽然也悬挂着大瓦数的电灯泡，但那光芒被浓重的黑暗所稀释。我能看到一切，却看不清一切。

巨大的轰鸣声伴以空气的颤抖及无数细小气流的穿梭游走，令我站在最后一级台阶上，迟迟不敢踏出最后一步。

轰鸣声来自我的右侧。那是大坝阀门的方向。

我知道那里有巨大的水流正强有力地冲击在黑暗中的机器转轮之上。飞速运转的轴承在复杂过程中将水的势能转换为电能。电是狂暴不羁的，却在此处被缚。它顺着密密麻麻的管线高速奔逃，四处碰壁。我知道电就在四周，一部分在四面八方迷路，一部分在黑暗中潜伏。更多的电，被禁闭在头顶那些巨大的仪器之中，被强行按捺着，丝丝缕缕沿上空数条细细的管线，去往广阔人间的千家万户。

我为人的力量而惊惧，又隐隐感到人的疯狂。

这地底黑暗而沉闷，地板微颤，空气中充斥浓重的机油味。我微微有晕车的感觉。

我小心翼翼走向那姑娘。只见她把角落里一个小门打开，又摸索着开灯。走近一看，里面是一个昏暗狭小的空间。顶多一个多平方大小，上方挂着一台电热水器。

——感觉非常不真实。像是回到了三四十年代，一抬头，看到这台热水器。

虽然很想慢慢地好好地洗个澡，但直觉此处不可久留……

这个澡洗得紧张又焦灼。

在地底深处洗澡，恍惚间像是在星球大战时双方暂停交火的空隙间洗澡。洗着洗着，战事又起，外面天崩地裂，火光连天。而此处昏暗封闭，空气在轰鸣声中高频震荡，水柱仍均匀地喷洒。

我一边揉脑袋上的泡沫一边竖起耳朵。警惕着地震、战争、大坝爆炸、电压泄漏等一切灾难。

从来没洗过这么没安全感的澡。

好像在核反应堆旁边洗澡……

又想到这水的温度源于附近刚刚生成的电能。“新鲜的电”——这个想法让我突然想尝尝这洗澡水是什么滋味。

“新鲜的电”，巨量的水被截流，上下游生态生生断裂，亿万鱼类的道路被封堵。鱼群想要回溯，想要产卵，却只能在春天里，在大坝的瀑布下，无望地徘徊……所有这一切，只不过为了“新鲜的电”，为了令眼下的水温更暖和一些，为了让人类干干净净地活着。

于是，又觉得此刻像是在朽坏的末世洗澡，像在一个冲着无底深渊无尽堕落的洗澡间中洗澡。

洗啊洗啊，好像不只为了洗净尘垢，还想要洗去一身的罪过。

…………

不过，等洗完澡，重返光明寂静的地面，所有胡思乱想戛然而止。

头发轻飘飘地披散在阳光中，浑身轻盈。忍不住打心眼里感慨，还是洗了澡舒服啊。

辑五

人的一生总是在途中

偶然所瞥见的田舍风光会深印在心坎里，

而花了钱，费了时间去赏玩的名胜，

却只是如烟如雾地浮动在记忆的海里。

小船上的信

◎ 沈从文

船在慢慢地上滩，我背船坐在被盖里，用自来水笔来给你写封长信。这样坐下写信并不吃力，你放心。这时已经三点钟，还可以走两个钟头，应停泊在什么地方，照俗谚说："行船莫算，打架莫看"，我不过问。大约可再走廿里，应歇下时，船就泊到小村边去，可保平安无事。船泊定后我必可上岸去画张画。你不知见到了我常德长堤那张画不？那张窄的长的。这里小河两岸全是如此美丽动人，我画得出它的轮廓，但声音、颜色、光，可永远无本领画出了。你实在应来这小河里看看，你看过一次，所得的也许比我还多，就因为你梦里也不会想到的光景，一到这船上，便无不朗然入目了。这种时节两边岸上还是绿树青山，水则透明如无物，小船用两个人拉着，便在这种清水里向上滑行，水底全是各色各样的石子。舵手抿起个嘴唇微笑，我问他：“姓什么？”“姓刘。”“在这条河里划了几年船？”“我今年五十三,十六岁就划船。”来，三三，请你为我算算这个数目。这人厉害得很，四百里的河道，涨水干涸河道的变迁，他无不明明白白。他知道这河里有多少滩，多少潭。看那样子，若许我来形容形容，他还可以说知道这河中有多少石头！是的，凡是较大的，知名的石头，他无一不知！水手一共是三个，除了舵手在后面管篷管纤索的伸缩，前面舱板有两个人。其中一个是小孩子，一个是大人。两个人的职务是船在滩上时，就撑急水篙，左边右边下篙，把钢钻打得水中石头作出好听的声音。到长潭时则荡桨，弓起个腰推扳长桨，把水弄得哗哗的，声音也很幽静温柔。到急水滩时，则两人背了纤索，把船拉去，水急了些，吃力时就伏在石滩上，手足并用地爬行上去。船是只新船，油得黄黄的，干净得可以作为教堂的神龛。我卧的地方较低一些，可听得出水在船底流过的细碎声音。前舱用板隔断，故我可以不被风吹。我坐的是后面，凡为船后的天、地、水，我全可以看到。我就这样一面看水一面想你。我快乐，就想应当同你快乐；我闷，就想要你在我必可以不闷。我同船老板吃饭，我盼望你也在一角吃饭。我至少还得在船上过七个日子，还不把下行的计算在内。你说，这七个日子我怎么办？天气又不很好，并无太阳，天是灰灰的，一切较远的边岸小山同树木，皆裹在一层轻雾里，我又不能照相，也不宜画画。看看船走动时的情形，我还可以在上面写文章，感谢天，我的文章既然提到的是水上的事，在船上实在太方便了。倘若写文章得选择一个地方，我如今所在的地方是太好了一点的。不过我离得你那么远，文章如何写得下去。“我不能写文章，就写信。”我这么打算，我一定做到。我每天可以写四张，若写完四张事情还不说完，我再写。这只手既然离开了你，也只有来折磨它了。

我来再说点船上事情吧。船现在正在上滩，有白浪在船旁奔驰，我不怕，船上除了寂寞，别的是无可怕的。我只怕寂寞。但这也正可训练一下我自己。我知道对我这人不宜太好，到你身边，我有时真会使你皱眉，我疏忽了你，使我疏忽的原因便只是你待我太好，纵容了我。但你一生气，我即刻就不同了。现在则用一件人事把两人分开，用别离来训练我，我明白你如何在支配我管领我！为了只想同你说话，我便钻进被盖中去，闭着眼睛。你瞧，这小船多好！你听，水声多幽雅！你听，船那么轧轧响着，它在说话！它说："两个人尽管说笑，不必担心那掌舵人。他的职务在看水，他忙着。"船真轧轧地响着。可是我如今同谁去说？我不高兴！

梦里来赶我吧，我的船是黄的，船主名字叫作“童松柏”，桃源县人。尽管从梦里赶来，沿了我所画的小堤一直向西走，沿河的船虽万万千千，我的船你自然会认识的。这里地方狗并不咬人，不必在梦里为狗吓醒！

你们为我预备的铺盖，下面太薄了点，上面太硬了点，故我很不暖和，在旅馆已嫌不够，到了船上可更糟了。盖的那床被大而不暖，不知为什么独选着它陪我旅行。我在常德买了一斤腊肝，半斤腊肉，在船上吃饭很合适……莫说吃的吧，因为摇船歌又在我耳边响着了，多美丽的声音！

我们的船在煮饭了，烟味儿不讨人嫌。我们吃的饭是粗米饭，很香很好吃。可惜我们忘了带点豆腐乳，忘了带点北京酱菜。想不到的是路上那么方便，早知道那么方便，我们还可带许多宝贝来上面，当“真宝贝”去送人！

你这时节应当在桌边做事的。

山水美得很，我想你一同来坐在舱里，从窗口望那点紫色的小山。我想让一个木筏使你惊讶，因为那木筏上面还种菜！我想要你来使我的手暖和一些……

十三日下午五时

生命是用来挥霍的

◎ 池莉

大约是在三年前？或者四年前？或者五年前？我记不清楚了。自从离开学校的数学考试之后，我再也不去记忆任何数字。岁月、金钱、年龄——所有阿拉伯数字，在我这里，一律都是含糊不清的符号。对于我来说，所有数字都没有重要意义，数字记载积累，提醒囤积，而我的生命就是用来挥霍的。

文字才是我的钟情，是我自童年以来唯一属于自己的玩具，因此，文字对我的意义远远不只是表达，更是我自身的一种生命性质。比如，早在不知道从什么时候开始，我就喜欢上了“挥霍”这个词语。我以为“挥”是世界上最漂亮的动作，这动作简直就是洒脱轻盈果断大方的化身，例如，大笔一挥，挥金如土，挥汗如雨，挥泪，挥师，都是这样的绝顶豪放。而“霍”，又是这样地迅捷，闪电一般，还掷地有声。我相信，如果与人有缘，许多文字还会是一种神秘的昭示，一旦相逢，你就会如盲人开眼，突然看见你自己的生命状态。正是一个不知道是什么时候的某一天，我翻开词典，劈头看见“挥霍”一词，耳朵里就响了一记金石之音，我便会意地微笑了。我相信，我的生命性质正如我的故乡和命运一样，先于我的存在而存在，早就隐藏在文字里。而我对于它的认识与服从，也一如认同我的故乡和命运，面善得无法陌生，亦无法选择。有一些古人于某些文字的特殊敏感，让我也觉得这可能就是一种人类经验的传承。郑板桥的文字大约就是“难得糊涂”，苏轼可能就是“一蓑烟雨任平生”，而李白也就是一个“酒”字了。

我是怎样挥霍生命的呢？

最典型的例子要慢慢说起：大约是四年或者五年前吧，看过一部电影。美国片，中文译名叫作《海上钢琴师》，英文片名是《1900的传奇》。故事说的是1900年的某一天，一个新生男婴，被遗弃在了一艘往返欧美之间的大型客轮上，船上的一个锅炉工收养了他，并用年份为他取名。在客轮无数次的往返之中，1900慢慢长大并无师自通地成为轮船上的钢琴师。在三十多年的人生里，1900从来没有离开过这艘客轮。仅有一次，因为爱情，他终于决心在纽约下船登陆，去寻找那位年轻姑娘以及寻找属于一个天才钢琴师的世俗名利。全体船员集中在甲板上，为 1900 隆重送行。这个名叫 1900 的男人，缓缓地走下长长的跳板，然而，他却缓缓地停留在跳板的中间了。面对纽约的高楼大厦，他把崭新的礼帽毅然抛向大海，反身回到了船上，多年之后选择了与被淘汰的客轮一同炸毁的人生结局。

十分记得，我第一次观看的时候，影片深深吸引了我。那个夜晚，成为我生命中少有的不眠之夜，我放弃了我一向认为非常重要的睡眠，还放弃了工作。目如寒星的消瘦男子 1900，在影片的最后，用这样一段话夺走了我的理智："我不是害怕我的所见（纽约的高楼大厦），而是害怕我的所不见！这城市太大了，大得似乎没有尽头！我怎么可以在没有尽头的键盘上演奏我的音乐呢？"立刻我的泪水夺眶而出。之后，想也不想就把整个夜晚的时间全部消耗在回味、体会与联想之中。

几年以后的前日，很偶然地，我女儿在钢琴上随手弹奏起《海上钢琴师》的一支钢琴曲，蓦然勾引起我重温这部影片的念头。这一重温不打紧，我却发现，看电影的人已经不是曾经的我了。现在的我，面对影片，根本看不下去。怎么是这样做作和矫情的一部电影呢？首先它纠合了太多好看的因素，因此失去了合情合理的生活逻辑，露出了明显的编造痕迹。曾经让我潸然泪下的那一段台词，具有典型的大话哲学的肤浅与煽情，尤其还配上了拙劣的镜头：1900 毅然抛开礼帽以后，镜头以夸张的特写，将礼帽一次次多角度地抛向大海。这不还是美国好莱坞电影的简单套路吗？我是那么惊讶与惭愧。我自嘲地笑笑，然后连眼睛都不眨地抛弃了这部电影，同时，也把自己被感动的那一个夜晚抛弃了，还把此后的许多生命经历——推荐，联想，回味——统统否定并完全抛弃。

就是这样，我就是这样无情。我经常否定自己的生命经过，从不寻求任何理由保存往日不再美好的“美好”记忆。我是自己生命里一个没有负担的记忆者。我不相信时间，不相信青春，不相信历史，不相信传言，乐于相信的是自己的醒悟与亲睹，我是一张连自己都深感淡漠的脸。

前一段时间，我在法国，因出版事务要去一趟南方的阿尔勒小镇。事先的行程计划，是在阿尔勒停留一天，居住一个夜晚。但是到了法国以后，忽然想起了凡·高，想起了凡·高著名的油画《向日葵》以及许多油画的光和色，于是我决定在阿尔勒多待一天。真正到达阿尔勒小镇之后，我立刻背弃了自己的初衷，有了另外的故事。阿尔勒小镇的阳光就是与众不同，格外灼亮又光照时间极长，气候在一日之内，由凉爽至温暖至寒冷，各色植物因此都格外鲜艳。原来，凡·高画的向日葵就是阿尔勒的向日葵，凡·高油画的光与色，就是阿尔勒的光与色，一个有天赋的画家怎么能够不接受大自然的馈赠和生活的秘授呢？顿时，凡·高不再神秘，不再是我的名胜古迹，而是一种切实的理解了。我甚至连大街上的“向日葵”明信片和旅游T恤衫，都没有走近看看。我毫不犹豫地走上了古罗马的断壁残墙，在小镇的最高处久久流连，坐看日出日落之下的阿尔勒。晚饭时候，我去一家北非餐厅，吃一种叫作“酷丝酷丝”的北非饭，慢慢地吃到很晚很晚，一边观赏着阿尔勒小镇的人们，一个姑娘，低胸丝绸连衣裙，外套的却是皮大衣，长长的，是冷峻的黑色；硕大的耳环在她颈项侧畔摇曳不停，与她的多条镶流苏的长围巾交相辉映；脚却是赤脚，足蹬艳丽的高跟拖鞋，染葡萄紫的指甲油，这就是难忘的阿尔勒小镇风情了。

多待一天的时间，依然与凡·高以及其他著名画家无关。无论是在大街小巷漫步还是静静坐在旅馆喝咖啡，都是因为阿尔勒本身。原来，阿尔勒小镇从古罗马时代就阳光格外灿烂，就颜色格外鲜艳，就人与物都具有格外的风情。我居住的旅馆，是阿尔勒最古老最优雅的旅馆之一，旅馆的好几段墙壁，依旧还是古罗马的城墙。约百年前，法国一个著名女歌唱家，退隐来到阿尔勒，创办了这家旅馆，把它变成了全欧洲的艺术博物馆和艺术沙龙。度假的艺术家们纷纷下榻这里，喝酒，歌唱，吟诗，看斗牛，他们顺便带来了自己的绘画和摄影作品。而每年，在斗牛节获胜的斗牛士，也把自己五彩斑斓金光耀眼的斗牛服挂上了旅馆咖啡厅的墙壁。阿尔勒明艳的夕阳，一直到晚上十点才变成夜幕，几乎每一个黄昏，都是纵情的享受。在纵情的享受中，女歌唱家慢慢地衰老了，她丈夫去世了，她再也打理不动生意了，终于有一天她咬牙卖掉了旅馆，在卖掉旅馆的两天之后，女歌唱家悄然离世。这不是写在旅游指南上的故事，是我下榻旅馆的历史由来以及沿袭到今天的装饰风格。我老老实实地坐在陈旧的老沙发上，背靠一段古罗马的墙壁，长久地注视一张二十世纪三十年代的摄影作品：北非的一个夜晚，一名裸体的非洲女子，伸出她的手臂，喂食一只生活在他们村庄的长颈鹿。裸女与长颈鹿是如此惊人地和谐与美丽，把我看得无言以对，我的心一刻一刻地变成一个幽深幽深的潭——平静的水面其实在颤动密密麻麻的涟漪。

原来阿尔勒最著名的是斗牛。它是全法国唯一保持了西班牙式斗牛的小镇。每年斗牛节来到的时候，人们从四面八方涌进阿尔勒，与葡萄酒、咖啡、酷丝酷丝一起，与吟唱一般的聊天和神奇的阳光一起，度过美好的生命。

一切都与中国制造的凡·高神话没有太大关系，可我并不后悔以前花了多少时间在凡·高身上，时间并不是我生命的唯一价值，我时时刻刻都乐意成为新生婴儿，让世界在我眼中重新诞生。

一再地删除，一再地重新开始，决不美化和流连于过去的一切，耗费了多少生命时间都无所谓。许多个深夜，有月光，我到户外散步。我心静如水，听得到万籁的悄吟。每当这种时刻，我几乎看得见自己对于自己经历的否定、覆盖、删除和抛弃。我反反复复，无法停止，以至于我的生命直到现在为止，都没有过任何一个完美的故事。连一个完美的人生故事都不曾发生，也许对于一个女人来说，看上去比较残忍，因为今天女人正在老去，因为明天女人还将老去，因为时间是一个恒定物，它使得老去的生命无法反复。问题的实质在于：那又怎么样！

我是这样欣喜于自己的善变。欣喜于新印象新思想如野草般丛生。我的否定与变化越多，我感觉自己生命的本质越有生机。我的感恩正是在这里：生命有限但可以无限挥霍。而每一次挥霍都是一次裂变，都可以发生巨大的能量转换，甚至无事生非到让你喜极而泣，总之世界上所有的良辰美景，比比皆是你的意思。如此，我的人生还需要什么完美故事呢？我还需要什么数字来说明生命的丰富抑或贫瘠呢？曾经读到过一段吉普赛人的歌谣，真是很好，他们唱道：

时间是用来流浪的，

肉体是用来享乐的，

生命是用来遗忘的，

心灵是用来歌唱的。

而我的歌谣，只有一句：生命是用来挥霍的。这一句可以反复咏叹，直到永远。

荷塘月色

◎ 朱自清

这几天心里颇不宁静。今晚在院子里坐着乘凉，忽然想起日日走过的荷塘，在这满月的光里，总该另有一番样子吧。月亮渐渐地升高了，墙外马路上孩子们的欢笑，已经听不见了；妻在屋里拍着闰儿，迷迷糊糊地哼着眠歌。我悄悄地披了大衫，带上门出去。

沿着荷塘，是一条曲折的小煤屑路。这是一条幽僻的路；白天也少人走，夜晚更加寂寞。荷塘四面，长着许多树，蓊蓊郁郁的。路的一旁，是些杨柳，和一些不知道名字的树。没有月光的晚上，这路上阴森森的，有些怕人。今晚却很好，虽然月光也还是淡淡的。

路上只我一个人，背着手踱着。这一片天地好像是我的；我也像超出了平常的自己，到了另一世界里。我爱热闹，也爱冷静；爱群居，也爱独处。像今晚上，一个人在这苍茫的月下，什么都可以想，什么都可以不想，便觉是个自由的人。白天里一定要做的事，一定要说的话，现在都可不理。这是独处的妙处，我且受用这无边的荷香月色好了。

曲曲折折的荷塘上面，弥望的是田田的叶子。叶子出水很高，像亭亭的舞女的裙。层层的叶子中间，零星地点缀着些白花，有袅娜地开着的，有羞涩地打着朵儿的；正如一粒粒的明珠，又如碧天里的星星，又如刚出浴的美人。微风过处，送来缕缕清香，仿佛远处高楼上渺茫的歌声似的。这时候叶子与花也有一丝的颤动，像闪电般，霎时传过荷塘的那边去了。叶子本是肩并肩密密地挨着，这便宛然有了一道凝碧的波痕。叶子底下是脉脉的流水，遮住了，不能见一些颜色；而叶子却更见风致了。

月光如流水一般，静静地泻在这一片叶子和花上。薄薄的青雾浮起在荷塘里。叶子和花仿佛在牛乳中洗过一样；又像笼着轻纱的梦。虽然是满月，天上却有一层淡淡的云，所以不能朗照；但我以为这恰是到了好处——酣眠固不可少，小睡也别有风味的。月光是隔了树照过来的，高处丛生的灌木，落下参差的斑驳的黑影，峭楞楞如鬼一般；弯弯的杨柳的稀疏的倩影，却又像是画在荷叶上。塘中的月色并不均匀；但光与影有着和谐的旋律，如梵婀玲上奏着的名曲。

荷塘的四面，远远近近，高高低低都是树，而杨柳最多。这些树将一片荷塘重重围住；只在小路一旁，漏着几段空隙，像是特为月光留下的。树色一例是阴阴的，乍看像一团烟雾；但杨柳的丰姿，便在烟雾里也辨得出。树梢上隐隐约约的是一带远山，只有些大意罢了。树缝里也漏着一两点路灯光，没精打采的，是渴睡人的眼。这时候最热闹的，要数树上的蝉声与水里的蛙声；但热闹是它们的，我什么也没有。

忽然想起采莲的事情来了。采莲是江南的旧俗，似乎很早就有，而六朝时为盛；从诗歌里可以约略知道。采莲的是少年的女子，她们是荡着小船，唱着艳歌去的。采莲人不用说很多，还有看采莲的人。那是一个热闹的季节，也是一个风流的季节。梁元帝《采莲赋》里说得好：

> 于是妖童媛女，荡舟心许；鷁首徐回，兼传羽杯；棹将移而藻挂，船欲动而萍开。尔其纤腰束素，迁延顾步；夏始春余，叶嫩花初，恐沾裳而浅笑，畏倾船而敛裾。

可见当时嬉游的光景了。这真是有趣的事，可惜我们现在早已无福消受了。

于是又记起《西洲曲》里的句子：

采莲南塘秋，莲花过人头；低头弄莲子，莲子清如水。

今晚若有采莲人，这儿的莲花也算得“过人头”了；只不见一些流水的影子，是不行的。这令我到底惦着江南了。——这样想着，猛一抬头，不觉已是自己的门前；轻轻地推门进去，什么声息也没有，妻已睡熟好久了。

一九二七年七月，北京清华园

钓台的春昼

◎ 郁达夫

因为近在咫尺，以为什么时候要去就可以去，我们对于本乡本土的名区胜景，反而往往没有机会去玩，或不容易下一个决心去玩的。正唯其是如此，我对于富春江上的严陵，二十年来，心里虽每在记着，但脚却没有向这一方面走过。一九三一，岁在辛未，暮春三月，春服未成，而中央党帝，似乎又想玩一个秦始皇所玩过的把戏了，我接到了警告，就仓皇离去了寓居。先在江浙附近的穷乡里，游息了几天，偶尔看见了一家扫墓的行舟，乡愁一动，就定下了归计。绕了一个大弯，赶到故乡，却正好还在清明寒食的节前。和家人等去上了几处坟，与许久不曾见过面的亲戚朋友，来往热闹了几天，一种乡居的倦怠，忽而袭上心来了，于是乎我就决心上钓台访一访严子陵的幽居。

钓台去桐庐县城二十余里，桐庐去富阳县治九十里不足，自富阳溯江而上，坐小火轮三小时可达桐庐，再上则须坐帆船了。

我去的那一天，记得是阴晴欲雨的养花天，并且系坐晚班轮去的，船到桐庐，已经是灯火微明的黄昏时候了，不得已就只得在码头近边的一家旅馆的楼上借了一宵宿。

桐庐县城，大约有三里路长，三千多烟灶，一二万居民，地在富春江西北岸，从前是皖浙交通的要道，现在杭江铁路一开，似乎没有一二十年前的繁华热闹了。尤其要使旅客感到萧条的，却是桐君山脚下的那一队花船失去了踪影。说起桐君山，却是桐庐县的一个接近城市的灵山胜地，山虽不高，但因有仙，自然是灵了。以形势来论，这桐君山，也的确是可以产生出许多口音生硬，别具风韵的桐严嫂来的生龙活脉。地处在桐溪东岸，正当桐溪和富春江合流之所，依依一水，西岸便瞰视着桐庐县市的人家烟村。南面对江，便是十里长洲；唐诗人方干的故居，就在这十里桐洲九里花的花田深处。向西越过桐庐县城，更遥遥对着一排高低不定的青峦，这就是富春山的山子山孙了。东北面山下，是一片桑麻沃地，有一条长蛇似的官道，隐而复现，出没盘曲在桃花杨柳洋槐榆树的中间，绕过一支小岭，便是富阳县的境界，大约去程明道的墓地程坟，总也不过一二十里地的间隔。我得去拜谒桐君，瞻仰道观，就在那一天到桐庐的晚上，是淡云微月，正在作雨的时候。

鱼梁渡头，因为夜渡无人，渡船停在东岸的桐君山下。我从旅馆踱了出来，先在离轮埠不远的渡口停立了几分钟。后来向一位来渡口洗夜饭米的少妇，躬身请问了一回，才得到了渡江的秘诀。她说：“你只须高喊两三声，船自会来的。”先谢了她教我的好意，然后以两手围成了播音的喇叭，“喂，喂，渡船请摇过来！”地纵声一喊，果然在半江的黑影当中，船身摇动了。渐摇渐近，五分钟后，我在渡口，却终于听出了咿呀柔橹的声音。时间似乎已经入了酉时的下刻，小市里的群动，这时候都已经静息，自从渡口的那位少妇，在微茫的夜色里，藏去了她那张白团团的面影之后，我独立在江边，不知不觉心里头却兀自感到了一种他乡日暮的悲哀。渡船到岸，船头上起了几声微微的水浪清音，又咚咚的一响，我早已跳上了船，渡船也已经掉过头来了。坐在黑影沉沉的舱里，我起先只在静听着柔橹划水的声音，然后却在黑影里看出了一星船家在吸着的长烟管头上的烟火，最后因为被沉默压迫不过，我只好开口说话了：“船家！你这样的渡我过去，该给你几个船钱？”我问。“随你先生把几个就是。”船家的说话冗慢悠长，似乎已经带着些睡意了，我就向袋里摸出了两角钱来。“这两角钱，就算是我的渡船钱，请你候我一会，上山去烧一次夜香，我是依旧要渡过江来的。”船家的回答，只是嗯嗯呜呜，幽幽同牛叫似的一种鼻音，然而从继这鼻音而起的两三声轻快的咳声听来，他却似已经在感到满足了，因为我也知道，乡间的义渡，船钱最多也不过是两三枚铜子而已。

到了桐君山下，在山影和树影交掩着的崎岖道上，我上岸走不上几步，就被一块乱石绊倒，滑跌了一次。船家似乎也动了恻隐之心了，一句话也不发，跑将上来，他却突然交给了我一盒火柴。我于感谢了一番他的盛意之后，重整步武，再摸上山去，先是必须点一枝火柴走三五步路的，但到得半山，路既就了规律，而微云堆里的半规月色，也朦胧地现出一痕银线来了，所以手里还存着的半盒火柴，就被我藏入了袋里。路是从山的西北，盘曲而上，渐走渐高，半山一到，天也开朗了一点，桐庐县市上的灯火，也星星可数了。更纵目向江心望去，富春江两岸的船上和桐溪合流口停泊着的船尾船头，也看得出一点一点的火来。走过半山，桐君观里的晚祷钟鼓，似乎还没有息尽，耳朵里仿佛听见了几丝木鱼钲钹的残声。走上山顶，先在半途遇着了一道道观外围的女墙，这女墙的栅门，却已经掩上了。在栅门外徘徊了一刻，觉得已经到了此门而不进去，终于是不能满足我这一次暗夜冒险的好奇怪僻的。所以细想了几次，还是决心进去，非进去不可，轻轻用手往里面一推，栅门却呀的一声，早已退向了后方开开了，这门原来是虚掩在那里的。进了栅门，踏着为淡月所映照的石砌平路，向东向南地前走了五六十步，居然走到了道观的大门之外，这两扇朱红漆的大门，不消说是紧闭在那里的。到了此地，我却不想再破门进去了，因为这大门是朝南向着大江开的，门外头是一条一丈来宽的石砌步道，步道的一旁是道观的墙，一旁便是山坡，靠山坡的一面，并且还有一道二尺来高的石墙筑在那里，大约是代替栏杆，防人倾跌下山去的用意，石墙之上，铺的是二三尺宽的青石，在这似石栏又似石凳的墙上，尽可以坐卧游息，饱看桐江和对岸的风景，就是在这里坐他一晚，也很可以，我又何必去打开门来，惊起那些老道的噩梦呢！

空旷的天空里，流涨着的只是些灰白的云，云层缺处，原也看得出半角的天，和一点两点的星，但看起来最饶风趣的，却仍是欲藏还露，将见仍无的那半规月影。这时候江面上起了风，云脚的迁移，更来得迅速了，而低头向江心一看，几多散乱着的船里的灯光，也忽明忽灭地变换了一变换位置。

这道观大门外的景色，真神奇极了。我当十几年前，在放浪的游程里，曾向瓜洲京口一带，消磨过不少的时日。那时觉得果然名不虚传的，确是甘露寺外的江山，而现在到了桐庐，昏夜上这桐君山来一看，又觉得这江山之秀而且静，风景的整而不散，却非那天下第一江山的北固山所可与比拟的了。真也难怪得严子陵，难怪得戴征士，倘使我若能在这样的地方结屋读书，颐养天年，那还要什么的高官厚禄，还要什么的浮名虚誉哩？一个人在这桐君观前的石凳上，看看山，看看水，看看城中的灯火和天上的星云，更做做浩无边际的无聊的幻梦，我竟忘记了时刻，忘记了自身，直等到隔江的击柝声传来，向西一看，忽而觉得城中的灯影微茫地减了，才跑也似的走下了山来，渡江奔回了客舍。

第二日侵晨，觉得昨天在桐君观前做过的残梦正还没有续完的时候，窗外面忽而传来了一阵吹角的声音。好梦虽被打破，但因这同吹觱篥似的商音哀咽，却很含着些荒凉的古意，并且晓风残月，杨柳岸边，也正好候船待发，上严陵去；所以心里虽怀着了些儿怨恨，但脸上却只现出了一痕微笑，起来梳洗更衣，叫茶房去雇船去。雇好了一只双桨的渔舟，买就了些酒菜鱼米，就在旅馆前面的码头上上了船，轻轻向江心摇出去的时候，东方的云幕中间，已现出了几丝红晕，有八点多钟了。舟师急得厉害，只在埋怨旅馆的茶房，为什么昨晚上不预先告诉，好早一点出发。因为此去就是七里滩头，无风七里，有风七十里，上钓台去玩一趟回来，路程虽则有限，但这几日风雨无常，说不定要走夜路，才回来得了的。

过了桐庐，江心狭窄，浅滩果然多起来了。路上遇着的来往的行舟，数目也是很少，因为早晨吹的角，就是往建德去的快班船的信号，快班船一开，来往于两岸之间的船就不十分多了。两岸全是青青的山，中间是一条清洗的水，有时候过一个沙洲。洲上的桃花菜花，还有许多不晓得名字的白色的花，正在喧闹着春暮，吸引着蜂蝶。我在船头上一口一口地喝着严东关的药酒，指东话西地问着船家，这是什么山，那是什么港，惊叹了半天，称颂了半天，人也觉得倦了，不晓得什么时候，身子却走上了一家水边的酒楼，在和数年不见的几位已经做了党官的朋友高谈阔论。谈论之余；还背诵了一首两三年前曾在同一的情形之下作成的歪诗。

不是尊前爱惜身，佯狂难免假成真，
曾因酒醉鞭名马，生怕情多累美人。
劫数东南天作孽，鸡鸣风雨海扬尘，
悲歌痛哭终何补，义士纷纷说帝秦。

直到盛筵将散，我酒也不想再喝了，和几位朋友闹得心里各自难堪，连对旁边坐着的两位陪酒的名花都不愿意开口。正在这上下不得的苦闷关头，船家却大声地叫了起来说：

“先生，罗芷过了，钓台就在前面，你醒醒吧，好上山去烧饭吃去。”

擦擦眼睛，整了一整衣服，抬起头来一看，四面的水光山色又忽而变了样子了。清清的一条浅水，比前又窄了几分，四围的山包得格外地紧了，仿佛是前无去路的样子。并且山容峻削，看去觉得格外的瘦格外的高。向天上地下四围看看，只寂寂地看不见一个人类。双桨的摇响，到此似乎也不敢放肆了，钩的一声过后，要好半天才来一个幽幽的口响，静，静，静，身边水上，山下岩头，只沉浸着太古的静，死灭的静，山峡里连飞鸟的影子也看不见半只。前面的所谓钓台山上，只看得见两大个石垒，一间歪斜的亭子，许多纵横芜杂的草木。山腰里的那座祠堂，也只露着些废垣残瓦，屋上面连炊烟都没有一丝半缕，像是好久好久没有人住了的样子。并且天气又来得阴森，早晨曾经露一露脸过的太阳，这时候早已深藏在云堆里了，余下来的只是时有时无从侧面吹来的阴飕飕的半箭儿山风。船靠了山脚，跟着前面背着酒菜鱼米的船夫走上严先生祠堂的时候，我心里真有点害怕，怕在这荒山里要遇见一个干枯苍老得同丝瓜筋似的严先生的鬼魂。

在祠堂西院的客厅里坐定，和严先生的不知第几代的裔孙谈了几句关于年岁水旱的话后，我的心跳也渐渐儿地镇静下去了，嘱托了他以煮饭烧菜的杂务，我和船家就从断碑乱石中间爬上了钓台。

东西两石垒，高各有二三百尺，离江面约两里来远，东西台相去只有一二百步，但其间却夹着一条深谷。立在东台，可以看得出罗芷的人家，回头展望来路，风景似乎散漫一点，而一上谢氏的西台，向西望去，则幽谷里的清景，却绝对地不像是在人间了。我虽则没有到过瑞士，但到了西台，朝西一看，立时就想起了曾在照片上看见过的威廉退儿的祠堂。这四山的幽静，这江水的青蓝，简直同在画片上的珂罗版色彩，一色也没有两样，所不同的就是在这儿的变化更多一点，周围的环境更芜杂不整齐一点而已，但这却是好处，这正是足以代表东方民族性的颓废荒凉的美。

从钓台下来，回到严先生的祠堂——记得这是洪杨以后严州知府戴槃重建的祠堂——西院里饱啖了一顿酒肉，我觉得有点酩酊微醉了。手拿着以火柴柄制成的牙签，走到东面供着严先生神像的龛前，向四面的破壁上一看，翠墨淋漓，题在那里的，竟多是些俗而不雅的过路高官的手笔。最后到了南面的一块白墙头上，在离屋檐不远的一角高处，却看到了我们的一位新近去世的同乡夏灵峰先生的四句似邵尧夫而又略带感慨的诗句。夏灵峰先生虽则只知崇古，不善处今，但是五十年来，像他那样的顽固自尊的亡清遗老，也的确是没有第二个人。比较起现在的那些官迷的南满尚书和东洋宦婢来，他的经术言行，姑且不必去论它，就是以骨头来称称，我想也要比什么罗三郎郑太郎辈，重到好几百倍。慕贤的心一动，熏人臭技自然是难熬了，堆起了几张桌椅，借得了一支破笔，我也向高墙上在夏灵峰先生的脚后放上了一个陈屁，就是在船舱的梦里，也曾微吟过的那一首歪诗。

从墙头上跳将下来，又向龛前天井去走了一圈，觉得酒后的干喉，有点渴痒了，所以就又走回到了西院，静坐着喝了两碗清茶。在这四大无声，只听见我自己的啾啾喝水的舌音冲击到那座破院的败壁上去的寂静中间，同惊雷似的一响，院后的竹园里却忽而飞出了一声闲长而又有节奏似的鸡啼的声来。同时在门外面歇着的船家，也走进了院门，高声地对我说：

“先生，我们回去吧，已经是吃点心的时候了，你不听见那只鸡在后山啼吗？我们回去吧！”

一九三二年八月在上海写

途中

◎ 梁遇春

今天是个潇洒的秋天，飘着零雨，我坐在电车里，看到沿途店里的伙计们差不多都是懒洋洋地在那里谈天，看报，喝茶——喝茶的尤其多，因为今天实在有点冷起来了。还有些只是倚着柜头，望望天色。总之纷纷扰扰的十里洋场顿然现出闲暇悠然的气概，高楼大厦的商店好像都化作三间两舍的隐庐，里面那班平常替老板挣钱，向主顾赔笑的伙计们也居然感到了生活余裕的乐处，正在拉闲扯散地过日，仿佛全是古之隐君子了。路上的行人也只是稀稀的几个，连坐在电车里面上银行去办事的洋鬼子们也燃着烟斗，无聊赖地看报上的广告，平时的燥气全消，这大概是那件雨衣的效力吧！到了北站，换上去西乡的公共汽车，雨中的秋之田野是别有一种风味的。外面的蒙蒙细雨是看不见的，看得见的只是车窗上不断地来临的小雨点，同河面上错杂得可喜的纤纤雨脚。此外还有粉般的小雨点从破了的玻璃窗进来，栖止在我的脸上。我虽然有些寒战，但是受了雨水的洗礼，精神变成格外地清醒。已撄世网，醉生梦死久矣的我真不容易有这么清醒，这么气爽。再看外面的景色，既没有像春天那娇艳得使人们感到它的不能久留，也不像冬天那样树枯草死，好似世界是快毁灭了，却只是静默默地，一层轻轻的雨雾若隐若现地盖着，把大地美化了许多，我不禁微吟着乡前辈姜白石的诗句，真是“人生难得秋前雨”。忽然想到今天早上她皱着眉头说道："这样凄风苦雨的天气，你也得跑那么远的路程，这真可厌呀！”我暗暗地微笑。她哪里晓得我正在凭窗赏玩沿途的风光呢？她或者以为我现在必定是哭丧着脸，像个到刑场的死囚，万不会想到我正流连着这叶尚未凋，草已添黄的秋景。同情是难得的，就是错误的同情也是无妨，所以我就让她老是这样可怜着我的仆仆风尘吧；并且有时我有什么逆意的事情，脸上露出不豫的颜色，可以借路中的辛苦来遮掩，免得她一再追究，最后说出真话，使她平添了无数的愁绪。

其实我是个最喜欢在十丈红尘里奔走道路的人。我现在每天在路上的时间差不多总在两点钟以上，这是已经有好几月了。我却一点也不生厌，天天走上电车，老是好像开始蜜月旅行一样。电车上和道路上的人们彼此多半是不相识的，所以大家都不大拿出假面孔来，比不得讲堂里，宴会上，衙门里的人们那样彼此拼命地一味敷衍。公园，影戏院，游戏场，馆子里面的来客个个都是眉开眼笑的，最少也装出那么样子；墓地，法庭，医院，药店的主顾全是眉头皱了几十纹的，这两下都未免太单调了，使我们感到人世的平庸无味。车子里面和路上的人们却具有万般色相，你坐在车里，只要你睁大眼睛不停地观察了卅分钟，你差不多可以在所见的人们脸上看出人世一切的苦乐感觉同人心的种种情调。你坐在位子上默默地鉴赏，同车的客人们老实地让你从他们的形色举止上去推测他们的生平同当下的心境，外面的行人一一现你眼前，你尽可恣意瞧着，他们并不会晓得，而且他们是这么不断地接连走过，你很可以拿他们来彼此比较，这种普通人的行列的确是比什么赛会都有趣得多，路上源源不绝的行人可说是上帝设计的赛会，当然胜过了我们佳节时红红绿绿的玩意儿了。并且在路途中我们的心境是最宜于静观的，最能吸收外界的刺激的。我们通常总是有事干，正经事也好，歪事也好，我们的注意免不了特别集中在一点上，只有路途中，尤其走熟了的长路，在未到目的地以前，我们的方寸是悠然的，不专注于一物，却是无所不留神的，在匆匆忙忙的一生里，我们此时才得好好地看一看人生的真况。所以无论从哪一方面说起，途中是认识人生最方便的地方。车中，船上同人行道可说是人生博览会的三张入场券，可惜许多人把它们当作废纸，空走了一生的路。我们有一句古话：

“读万卷书，行万里路。”所谓行万里路自然是指走遍名山大川，通都大邑，但是我觉换一个解释也是可以。一条的路你来往走了几万遍，凑成了万里这个数目，只要你真用了你的眼睛，你就可以算是懂得人生的人了。俗语说道：“秀才不出门，能知天下事”，我们不幸未得入泮，只好多走些路，来见见世面吧！对于人生有了清澈的观照，世上的荣辱祸福不足以扰乱内心的恬静，我们的心灵因此可以获得永久的自由，可见个个的路都是到自由的路，并不限于罗素先生所钦定的；所怕的就是面壁参禅，目不窥路的人们，他们自甘沦落，不肯上路，的确是无法可办。读书是间接地去了解人生，走路是直接地去了解人生，一落言诠，便非真谛，所以我觉得万卷书可以搁开不念，万里路非放步走去不可。

了解自然，便是非走路不可。但是我觉得有意的旅行倒不如通常的走路那样能与自然更见亲密。旅行的人们心中只惦着他的目的地，精神是紧张的。实在不宜于裕然地接受自然的美景。并且天下的风光是活的，并不拘泥于一谷一溪，一洞一岩，旅行的人们所看的却多半是这些名闻四海的死景，人人莫名其妙地照例赞美的胜地。旅行的人们也只得依样画葫芦一番，做了万古不移的传统的奴隶。这又何苦呢？并且只有自己发现出的美景对着我们才会有贴心的亲切感觉，才会感动了整个心灵，而这些好景却大抵是得之偶然的，绝不能强求。所以有时因公外出，在火车中所瞥见的田舍风光会深印在我们的心坎里，而花了盘川，告了病假去赏玩的名胜倒只是如烟如雾地浮动在记忆的海里。今年的春天同秋天，我都去了一趟杭州，每天不是坐在划子里听着舟子的调度，就是跑山，恭敬地聆着车夫的命令，一本薄薄的指南隐隐地含有无上的威权，等到把所谓胜景一一领略过了，重上火车，我的心好似去了重担。当我再继续过着我通常的机械生活，天天自由地东瞧西看，再也不怕受了舟子，车夫，游侣的责备，再也没有什么应该非看不可的东西，我真快乐得几乎发狂。西泠的景色自然是渐渐消失得无影无迹，可惜消失得太慢，起先还做了我几个噩梦的背景。当我梦到无私的车夫，带我走着崎岖难行的宝石山或者光滑不能驻足的往龙井的石路，不管我怎样求免，总是要迫我去看烟霞洞的烟霞同龙井的龙角。谢谢上帝，西湖已经不再浮现在我的梦中了。而我生平所最赏心的许多美景是从到西乡的公共汽车的玻璃窗得来的。我坐在车里，任它一上一下，一左一右地跳荡，看着老看不完的十八世纪长篇小说，有时闭着书随便望一望外面天气，忽然觉得青翠迎人，遍地散着香花，晴天现出不可描摹的蓝色。我顿然感到春天已到大地，这时我真是神魂飞在九霄云外了。再去细看一下，好景早已过去，剩下的是闸北污秽的街道，明天再走到原地，一切虽然仍旧，总觉得有所不足，与昨天是不同的，于是乎那天的景色永留在我的心里。甜蜜的东西看得太久了也会厌烦，真真的好景都该这样一瞬即逝，永不重来。

婚姻制度的最大毛病也就是在于日夕聚首：将一切好处都因为太熟而化成坏处了。此外在热狂的夏天，风雪载途的冬季我也常常出乎意料地获到不可名言的妙境，滋润着我的心田。会心不远，真是陆放翁所谓的"何处楼台无月明"。自己培养有一个易感的心境，那么走路的确是了解自然的捷径。

"行"不单是可以使我们清澈地了解人生同自然，它自身又是带有诗意的，最浪漫不过的。雨雪霏霏，杨柳依依，这些境界只有行人才有福享受的。许多奇情逸事也都是靠着几个人的漫游而产生的。《西游记》《镜花缘》《老残游记》，Cervantes（塞万提斯，西班牙小说家）的《吉诃德先生》（*Don Quixote*），Swift（斯威夫特，英国文学家）的《海外轩渠录》（*Gulliver's Travels*），Bunyan（班扬，英国作家）的《天路历程》（*Pilgrim's Progress*），Cowper（科伯，英国诗人）的《痴汉骑马歌》（*John Gilpin*），Dickens（狄更斯）的 *Pickwick Papers*，Byron（拜伦，英国诗人）的 *Childe Harold's Pilgrimage*，Fielding（菲尔丁，英国小说家）的 *Joseph Andrews*，Gogol（果戈理）的 *Dead Souls* 等不可一世的杰作没有一个不是以"行"为骨子的，所说的全是途中的一切，我觉得文学的浪漫题材在爱情以外，就要数到"行"了。陆放翁是个豪爽不羁的诗人，而他最出色的杰作却是那些纪行的七言。我们随便抄下两首，来代我们说出"行"的浪漫性吧！

剑南道中遇微雨

衣上征尘杂酒痕，远游无处不销魂。
此身合是诗人未，细雨骑驴入剑门。

南定楼遇急雨

行遍梁州到益州，今年又作度泸游。
江山重复争供眼，风雨纵横乱入楼。
人语朱离逢峒獠，棹歌欸乃下吴州。
天涯住稳归心懒，登览茫然却欲愁。

因为“行”是这么会勾起含有诗意的情绪的，所以我们从“行”可以得到极愉快的精神快乐，因此“行”是解闷销愁的最好法子，将濒自杀的失恋人常常能够从漫游得到安慰，我们有时心境染了凄迷的色调，散步一下，也可以解去不少的忧愁。Hawthorne（霍桑，美国作家）同 Edgar Allan Poe（爱伦·坡，美国作家）最爱描状一个心里感到空虚的悲哀的人不停地在城里的各条街道上回复地走了又走，以冀对于心灵的饥饿能够暂时忘却。Dostoevsky

（陀思妥耶夫斯基）的《罪与罚》里面的 Raskolnikov 犯了杀人罪之后，也是无目的到处乱走，仿佛走了一下，会减轻了他心中的重压。甚至于有些人对于“行”具有绝大的趣味，把别的趣味一齐压下了，Stevenson（斯蒂文生，英国小说家）的《流浪汉之歌》就表现出这样的一个人物，他在最后一段里说道：“财富我不要，希望，爱情，知己的朋友，我也不要；我所要的只是上面的青天同脚下的道路。”

Wealth I ask not, hope nor love,
Nor a friend to know me ;
All I ask, the heaven above
And the road below me.

Walt Whitman（惠特曼，美国诗人）也是一个歌颂行路的诗人，他的《大路之歌》真是“行”的绝妙赞美诗，我就引他开头的雄浑诗句来做这段的结束吧！

A foot and light-hearted to the open road,
Healthy, free, the world before me,
The long brown path before me leading wherever I choose.

我们从摇篮到坟墓也不过是一条道路，当我们正寝以前，我们可说是老在途中。途中自然有许多的苦辛，然而四围的风光和同路的旅人都是极有趣的，值得我们跋涉这程路来细细鉴赏，除开这条悠长的道路外，我们并没有别的目的地，走完了这段征程，我们也走出了这个世界，重回到起点的地方了。科学家说我们就归于毁灭了，再也不能重走上这段路途。主张灵魂不灭的人们以为来日方长，这条路我们还能够一再重走了几千万遍。将来的事，谁去管他，也许这条路有一天也归于毁灭。我们还是今天有路今天走吧，最要紧的是不要闭着眼睛，蒙蒙一生，始终没有看到了世界。

十八年十一月五日

南京记趣[1]

◎ 张恨水

白门之杨柳

在中国辞章家熟用的名词里有“白门柳”这个名称。杨柳这样东西，在中国虽是大片土地里有它存在的，可是对于这样东西，却特地联系着成一个专用名词，那实在有点缘故。据我个人在南京得来的经验，南京的山水风月，杨柳陪衬了它不少的姿态。同时，历代的建筑，离不开杨柳，历代的文献，也离不开杨柳。杨柳和南京，越久越亲密。甚至一代兴亡，都可以在杨柳上去体会。所以《桃花扇》上第一折《听稗》劈头就说：“无人处又添几树

① 本文为原文的节选部分。

杨柳。”

南京的杨柳，既大且多，而姿势又各穷其态，在南京曾经住过一个时期的主儿，必能相信我不是夸张。在南京城里，或者还看不到杨柳的众生相，你如果走过南京的四郊，就会觉得扬子江边的杨柳，大群配着江水芦洲，有一种浩荡的雄风；秦淮水上的杨柳两行，配着长堤板桥，有一种绵渺的幽思。而水郭渔村，不成行伍的杨柳，或聚或散，或多或少，远看像一堆翠峰，近看像无数绿幛，鸡鸣犬吠，炊烟夕照，都在这里起落，随时随地是诗意。山地是不适于杨柳的，而南京的山多数是丘陵，又总是带着池沼溪涧，在这里平桥流水之间，长上几株大小杨柳，风景非常的柔媚。这样，就是江南江水了。不但此也，古庙也好，破屋也好，冷巷也好，有那么两三株高大的杨柳，情调就不平凡，这情形也就只有南京极普遍。

杨柳自是点缀春天的植物，其实秋天里在西风下飘零看黄叶，冬天里在冰雪中摇撼枯条，也自有它的情思。而在南京对于杨柳赞美，毋宁说是夏天。屋子门口，有两株高大的杨柳，绿荫就遮了整个院落。它特别不挡风，风由拖着长绿条子的活缝里过来，吹拂到人身上，有一种说不出来的舒适。晚上一轮白月涌上了绿树梢头，照着杨柳堆上的绿浪，在风里摇动，好像无数的绿毛怪兽在跳舞。这还是就家中仅有的杨柳说。如走上一条古老的旧街，鹅卵石的路面，两旁矮矮的土墙店铺，远远的在街头拥上一株古柳，高入云霄，这街头上行人车马稀少，一片蝉声下，撒着一片淡淡的绿荫，这就感到一番古城的幽思。

在南京度过夏天的人，都游过玄武湖。一出了玄武门，就会感到走入了一个清凉世界。而这份清凉，不是面前的湖水和远峙的山峰给予的。正是你一出城门，就踏上一道古柳长干堤，柳树顶尽管撑上天，它下垂的柳枝，却是拖靠了地，拂在水面，拂在行人身上。永远透不进日光的绿浪子，四处吹来着水面清风，这里面就不知有夏。我曾在南京西郊上新河，经过半个夏天，我就有一个何必庐山之感。这里唯一给予人清凉的思物，就是杨柳。出汉西门，在一块平原上四周展望，人围在绿城里，这绿城是什么？就是江边的柳林，镇外的柳林。尤其在月下，这四处的柳林，很像无数小山。我住家所在，门前一道子江，水波不兴，江边一排大柳林，大柳林下，青苔铺路就是我家的竹篱柴门，门里一个院落，又是两株大柳树。屋后一口塘，半亩菜，又是三棵大柳树。左右邻居，不用说，杨柳和池塘。这一幢三进平房整天都在绿荫里，绝没有热到百度（华氏）的气候。我于这半个夏季里，乃知白门杨柳之多，而又多得多么可爱。

江冷楼前水

在南京城里住家的人，若是不出远门的话，很可能终年不到下关一次。虽然穿城而过，公共汽车不过半小时，但南京人对下关并不感到趣味。其实下关江边的风景，登楼远眺，四季都好。读过《古文观止》那篇《阅江楼记》的人，可以揣想一二。可惜当年建筑南京市的人，全是在水泥路面、钢骨洋楼上着眼，没有一个想到花很少一点钱，再建一座阅江楼。我有那傻劲，常是一个人坐公共汽车出城，走到江边去散步。就是这个岁暮天寒的日子，我也不例外。自然，我并不会老站在江岸上喝西北风。下关很有些安徽商人，我随便找着一两位，就拉了他们到江边茶楼上去喝茶。有两三家茶楼，还相当干净。冬日，临江的一排玻璃楼窗全都关闭了，找一副临窗的座位坐下，泡一壶毛尖，来一碗干丝，摆上两碟五香花生米，隔了窗子，看看东西两头水天一色，北风吹着浪，一个个地掀起白头的浪花，却也眼界空阔得很。你不必望正对面浦口的新建筑，上下游水天缥缈之下，一大片芦洲，芦洲后面，青隐隐的树林头上，有些江北远山的黑影。我们心头就不免想起苏东坡的词：“一江南北，消磨多少豪杰。”或者朱竹垞的词：“六代豪华春去了，只剩鱼竿。”

说到江，我最喜欢荒江。江不是湖海那样浩瀚无边，妙的是空阔之下，总有个两岸。当此冬日，水是浅了，处处露出赭色的芦洲。岸上的渔村，在那垂着千百条枯枝的老柳下，断断续续，支着竹篱茅舍。岸上三四只小渔舟，在风浪里摇撼着，高空撑出了渔网，凄凉得真有点画意。自然，这渔村子里人的生活，让我过半日也有点受不了，他们哪里知道什么画意？可是，我这里并不谈改善渔村人民的生活，只好忍心丢下不说。在南京，出了挹江门，沿江上行，走过怡和洋行旧址不远，就可以看见这荒江景象。假使太阳很好，风又不大，顺了一截江堤走，在半小时内，在那枯柳树林下，你会忘了这是最繁荣都市的边缘。

坐在下关江边茶楼上，这荒寒景象是没有的。不过，这一条江水，浩浩荡荡地西来东去横在眼面前，看了之后，很可以启发人一点遐思。若是面前江上，舟楫有十分钟的停止，你可以看到那雪样白的江鸥在水上三五成群地打胡旋。你心再定一点，也可再听到那风浪打着江岸石上，“啪哒啪哒”作响。我是不会喝酒，我若喝酒，觉得比在夫子庙看“秦淮黑”，是足浮一大白的。

清凉古道

有人这样估计：东亚的大都市，如上海、汉口、天津、北平、香港、广州、南京、东京、大阪、名古屋、神户，恐怕都要在这次太平洋战争里毁灭。这个是杞忧，趋势难免如此，这就让我们想到这多灾多难的南京，每遇二三百年就要遭回浩劫，真可慨叹。

我居住在南京的时候，常喜欢一个人跑到废墟变成菜园竹林的所在，探寻遗迹。最让人不胜徘徊的，要算是汉中门到仪凤门去的那条清凉古道。这条路经过清凉山下，长约十五华里，始终是静悄悄地躺在人迹稀疏、市尘不到的地方。路两旁有的是乱草遮盖的黄土小山，有的是零落的一丛小树林，还有一片菜园，夹在几丛竹林之间。有几户人家住着矮小得可怜的房舍，这些人家用乱砖堆砌着墙，不抹一点石灰和黄土，充分表现了一种残破的样子。薄薄的瓦盖着屋顶，手可摸到屋檐。屋角上有一口没有圈的井，一棵没有树叶的老树，挂了些枯藤，陪衬出极端的萧条景象，这就想不到是繁华的首都所在了。三牌楼附近，是较为繁华的一段，街道的后面，簇拥了二三十株大柳树，一条小小的溪水，将新的都市和废墟分开来。在清凉古道上，可以听到中山北路的车马奔驰声，想不到一望之遥，是那样热闹。同时，在中山北路坐着别克小坐车的人，他也不会想到，菜圃树林那边，是一片荒凉世界。

是一个冬天，太阳黄黄的，没有风。我为花瓶子里的蜡梅、天竹修整完了，曾向这清凉古道走去。鹅卵石铺着的人行古道，两边都是菜圃和浅水池塘，夹着路的是小树和短篱笆，十足的乡村风光。路上有三五个挑鲜菜的农民经过，有一阵菜香迎人。后面稍远，一个白胡老人，骑着一头灰色的小毛驴，“嘚嘚”而来，驴颈子上一串兜铃响着。他们过去了，又一切归于岑寂。向南行，到了一丛落了叶的小树林旁，在路边有二三户农家的矮矮的房屋，半掩了门。有个老太婆，坐在屋檐下晒太阳。我想，这是南京的奇迹啊！走过这户，是土山横断了去路，裂口上有个没顶的城门洞的遗址。山岩上有块石碑，大书三个楷书字：“虎踞关”。石碑下有两棵高与人齐的小树，是这里唯一的点缀。我站在这里，真有点怔怔然了。

在明人的笔记上，常看到“虎踞关”这个名字，似乎是当年南都一个南北通衢的锁钥。可以料想到当年这里行人车马的拥挤，也可以遥思到两旁商店的繁华，于今却是被人遗忘的一个角落了。南京另一角落的景象，实在是不能估计的血和泪，而六朝金粉就往往把这血泪冲淡了。

回到开首那几句话，东亚大都市，有许多处要被毁灭，这次在抗战时期，南京遭受日寇的侵占与洗劫，也不知昔日繁华的南京，又有哪几条大街变成清凉古道了。

辑六

艺术是一种治单相思和自大狂的良药

画中田野，山清水秀，绿笑红颦，
才是大地的姿态；
诗中贫女，如冰如霜，超于尘外，
才是人类本来面目。

图画与人生

◎ 丰子恺

我今天所要讲的，是“图画与人生”。就是图画对人有什么用处？就是做人为什么要描图画，就是图画同人生有什么关系？

这问题其实很容易解说：图画是给人看看的。人为了要看看，所以描图画。图画同人生的关系，就只是“看看”。

“看看”，好像是很不重要的一件事，其实同衣食住行四大事一样重要。这不是我在这里说大话，你只要问你自己的眼睛，便知道。眼睛这件东西，实在很奇怪：看来好像不要吃饭，不要穿衣，不要住房子，不要乘火车，其实对于衣食住行四大事，它都有份，都要干涉。人皆以为嘴巴要吃，身体要穿，人生为衣食而奔走，其实眼睛也要吃，也要穿，还有种种要求，比嘴巴和身体更难服侍呢。

所以要讲图画同人生的关系，先要知道眼睛的脾气。我们可拿眼睛来同嘴巴比较：眼睛和嘴巴，有相同的地方，有相异的地方，又有相关联的地方。

相同的地方在哪里呢？我们用嘴巴吃食物，可以营养肉体；我们用眼睛看美景，可以营养精神——营养这一点是相同的。譬如看见一片美丽的风景，心里觉得愉快；看见一张美丽的图画，心里觉得欢喜。这都是营养精神的。所以我们可以说：嘴巴是肉体的嘴巴，眼睛是精神的嘴巴——二者同是吸收养料的器官。

相异的地方在哪里呢？嘴巴的辨别滋味，不必练习。无论哪一个人，只要是生嘴巴的，都能知道滋味的好坏，不必请先生教。所以学校里没有“吃东西”这一项科目。反之，眼睛的辨别美丑，即眼睛的美术鉴赏力，必须经过练习，方才能够进步。所以学校里要特设“图画”这一项科目，用以训练学生的眼睛。眼睛和嘴巴的相异，就在要练习和不要练习这一点上。譬如现在有一桌好菜，都是山珍海味，请一位大艺术家和一位小学生同吃。他们一样地晓得好吃。反之，倘看一幅名画，请大艺术家看，他能完全懂得它的好处。请小学生看，就不能完全懂得，或者莫名其妙。可见嘴巴不要练习，而眼睛必须练习。所以嘴巴的味觉，称为“下等感觉”。

眼睛的视觉，称为“高等感觉”。

相关联的地方在哪里呢？原来我们吃东西，不仅用嘴巴，同时又兼用眼睛。所以烧一碗菜，油盐酱醋要配得好吃，同时这碗菜的样子也要装得好看。倘使乱七八糟地装一下，即使滋味没有变，但是我们看了心中不快，吃起来滋味也就差一点。反转来说，食物的滋味并不很好，倘使装潢得好看，我们见了，心中先起快感，吃起来滋味也就好一点。学校里的厨房司务很懂得这个道理。他们做饭菜要偷工减料，常把形式装得很好看。风吹得动的几片肉，盖在白菜面上，排成图案形。两三个铜板一斤的萝卜，切成几何形体，装在高脚碗里，看去好像一盘金刚石。学生走到饭厅，先用眼睛来吃，觉得很好。随后用嘴巴来吃，也就觉得还好。倘使厨房司务不懂得装菜的办法，各地的学校恐怕天天要闹一次饭厅呢。外国人尤其精通这个方法。洋式的糖果，做种种形式，又用五色纸、金银纸来包皮裹。拿这种糖请盲子吃，味道一定很平常。但请亮子吃，味道就好得多。因为眼睛帮嘴巴在那里吃，故形式好看的，滋味也就觉得好些。

眼睛不但和嘴巴相关联，又和其他一切感觉相关联。譬如衣服。原来是为了身体温暖而穿的，但同时又求其质料和形式的美观。譬如房子，原来是为了遮蔽风雨而造的，但同时又求其建筑和布置的美观。可知人生不但用眼睛吃东西，又用眼睛穿衣服用眼睛住房子。古人说："人之所以异于禽兽者，几希。"我想，这"几希"恐怕就在眼睛里头。

人因为有这样的一双眼睛，所以人的一切生活，实用之外又必讲求趣味。一切东西，好用之外又求其好看。一匣自来火，一只螺旋钉，也在好用之外力求其好看。这是人类的特性。人类在很早的时代就具有这个特性。在上古，穴居野处，茹毛饮血的时代，人们早已懂得装饰。他们在山洞的壁上描写野兽的模样，在打猎用的石刀的柄上雕刻图案的花纹，又在自己的身体上施以种种装饰，表示他们要好看；这种心理和行为发达起来，进步起来，就成为“美术”。故美术是为了眼睛的要求而产生的一种文化。故人生的衣食住行，从表面看来好像和眼睛都没有关系，其实件件都同眼睛有关。越是文明进步的人，眼睛的要求越是大。人人都说“面包问题”是人生的大事。其实人生不单要吃，又要看；不单为嘴巴，又为眼睛；不单靠面包，又靠美术。面包是肉体的食粮，美术是精神的食粮。没有了面包，人的肉体要死。没有了美术，人的精神也要死——人就同禽兽一样。

上面所说的，总而言之，人为了有眼睛，故必须有美术。

现在我要继续告诉你们：一切美术，以图画为本位，所以人人应该学习图画。原来美术共有四种，即建筑、雕塑、图画和工艺。建筑就是造房子之类，雕塑就是塑铜像之类，图画不必说明，工艺就是制造实用器具之类。这四种美术，可用两种方法来给它们分类。第一种，依照美术的形式而分类，则建筑、雕刻、工艺，在立体上表现的，叫作“立体美术”。图画，在平面上表现的，叫作“平面美术”。第二种，依照美术的用途而分类，则建筑、雕塑、工艺，大多数除了看看之外又有实用的（譬如住宅供人居住，铜像供人瞻拜，茶壶供人泡茶），叫作“实用美术”。图画，大多数只给人看看，别无实用的，叫作“欣赏美术”。这样看来，图画是平面美术，又是欣赏美术。为什么这是一切美术的本位呢？其理由有二：

第一，因为图画能在平面上做立体的表现，故兼有平面与立体的效果。这是很明显的事，平面的画纸上描一只桌子，望去四只脚有远近。描一条走廊，望去有好几丈长。描一条铁路，望去有好几里远。因为图画有两种方法，能在平面上假装出立体来，其方法叫作“远近法”和“阴影法”。用了远近法，一寸长的线可以看成好几里路。用了阴影法，平面的可以看成凌空。故图画虽是平面的表现，却包括立体的研究。所以学建筑、学雕塑的人，必须先从学图画入手。美术学校里的建筑科、雕塑科，第一年的课程仍是图画，以后亦常常用图画为辅助。反之，学图画的人，就不必兼学建筑或雕塑。

第二，因为图画的欣赏可以应用在实际生活上，故图画兼有欣赏与实用的效果。譬如画一只苹果，一朵花，这些画本身原只能看看，毫无实用。但研究了苹果的色彩，可以应用在装饰图案上；研究了花瓣的线条，可以应用在瓷器的形式上。所以欣赏不是无用的娱乐，乃是间接的实用。所以学校里的图画科，尽管画苹果、香蕉、花瓶、茶壶等没有用处的画，但由此所得的眼睛的练习，却受用无穷。

因了这两个理由——图画在平面中包括立体，在欣赏中包括实用——所以图画是一切美术的本位。我们要有美术的修养，只要练习图画就是。但如何练习，倒是一件重要的事，要请大家注意。上面说过，图画兼有欣赏与实用两种效果。欣赏是美的，实用是真的，故图画练习必要兼顾“真”和“美”这两个条件。具体地说：譬如描一瓶花，要仔细观察花、叶、瓶的形状、大小、方向、色彩，不使描错。这是“真”的方面的功夫。同时又须巧妙地配合，巧妙地布置，使它妥帖。这是“美”的方面的功夫。换句话说，我们要把这瓶花描得像真物一样，同时又要描得美观。再换一句话说，我们要模仿花、叶、瓶的形状色彩，同时又要创造这幅画的构图。总而言之，图画要兼重描写和配置、肖似和美观、模仿和创作，即兼有真和美。偏废一方面的，就不是正当的练习法。

在中国，图画观念错误的人很多。其错误就由于上述的真和美的偏废而来，故有两种。第一种偏废美的，把图画看作照相，以为描画的目的但求描得细致，描得像真的东西一样。称赞一幅画好，就说“描得很像”。批评一幅画坏，就说“描得不像”。这就是求真而不求美，但顾实用而不顾欣赏，是错误的。图画并非不要描得像，但像之外又要它美。没有美而只有像，顶多只抵得一张照相。现在照相机很便宜，三五块钱也可以买一只。我们又何苦费许多宝贵的钟头来把自己的头脑造成一架只值三五块钱的照相机呢？这是偏废了美的错误。

第二种，偏废真的，把图画看作“琴棋书画”的画。以为“画画儿”，是一种娱乐，是一种游戏，是消遣的。于是上图画课的时候，不肯出力，只思享乐。形状还描不正确，就要讲画意。颜料还不会调，就想制作品。这都是把图画看作“琴棋书画”的画的缘故。原来弹琴、写字、描画，都是高深的艺术。不知哪一个古人，把“下棋”这种玩意儿凑在里头，于是琴、书、画三者都带了娱乐的、游戏的、消遣的性质，降低了它们的地位，这实在是亵渎艺术！“下棋”这一件事，原也很难；但其效用也不过像叉麻雀，消磨光阴，排遣无聊而已，不能同音乐、绘画、书法排在一起。倘使下棋可算是艺术，叉麻雀也变成艺术，学校里不妨添设一科“麻雀”了。但我国有许多人，的确把音乐、图画看成与麻雀相近的东西。这正是“琴棋书画”四个字的流弊。现代的青年，非改正这观念不可。

图画为什么和下棋、叉麻雀不同呢？就是为了图画有一种精神——图画的精神，可以陶冶我们的心。这就是拿描图画一样的真又美的精神来应用在人的生活上。怎样应用呢？我们可拿数学来做比方。数学的四则问题中，有龟鹤问题：龟鹤同住在一个笼里，一共几个头，几只脚，求龟鹤各几只？又有年龄问题：几年前父年为子年的几倍，几年后父年为子年的几倍？这种问题中所讲的事实，在人生中难得逢到。有谁高兴真个把乌龟同鹤关在一只笼子里，教人猜呢？又有谁真个要算父年为子年的几倍呢？这原不过是要借这种奇奇怪怪的问题来训练人的头脑，使头脑精密起来。然后拿这精密的头脑来应用在人的一切生活上。我们又可拿体育来比方，体育中有跳高、跳远、掷铁球、掷铁饼等武艺。这在我们的日常生活中也很少用处。有谁常要跳高、跳远，有谁常要掷铁球、铁饼呢？这原不过是要借这种武艺来训练人的体格，使体格强健起来。然后拿这强健的体格去做人生一切的事业。图画就同数学和体育一样。人生不一定要画苹果、香蕉、花瓶、茶壶。原不过要借这种研究来训练人的眼睛，使眼睛正确而又敏感，真而又美。然后拿这真和美来应用在人的物质生活上，使衣食住行都美化起来；应用在人的精神生活上，使人生的趣味丰富起来。这就是所谓“艺术的陶冶”。

图画原不过是“看看”的。但因为眼睛是精神的嘴巴，美术是精神的粮食，图画是美术的本位，故“看看”这件事在人生竟有了这般重大的意义。今天在收音机旁听我讲演的人，一定大家是有一双眼睛的，请各自体验一下，看我的话有没有说错。

音乐之史的发展[①]

◎ 傅雷

一

晚近以来，音乐才开始取得它在一般历史上应占的地位。忽视了人类精神最深刻的一种表现，而谓可以窥探人类精神的进化，真是一件怪事。一个国家的政治生命，只是它的最浅薄的面目。要认识它内心的生命和行动的渊源，必得要从文学、哲学、艺术，那些反映着整个民族的思想、热情与幻梦的各方面，去渗透它的灵魂。

大家知道文学所贡献于历史的资料，例如高乃依的诗，笛卡尔的哲学，可以帮助我们了解三十年战争结束后的法国民族。假使我

① 本文为原文的节选部分。

们没有熟悉百科全书派的主张，及十八世纪的沙龙的精神，那么，一七八九年的法国大革命，将成为毫无生命的陈迹。

大家也知道，形象美术对于认识时代这一点上，供给多少宝贵的材料：它不啻是时代的面貌，它把当时的人品、举止、衣饰、习尚、日常生活的全部，在我们眼底重新映演。一切政治革命都在艺术革命中引起反响。一国的生命是全部现象——经济现象和艺术现象——联合起来的有机体；哥特式建筑的共同点与不同点，使十九世纪的维奥莱勒杜克（Eugene Emmanuel Viollet-le-Duc，一八一四—一八七九，法国建筑家、作家和理论家）追寻出十二世纪各国通商要道。对于建筑部分的研究，例如钟楼，就可以看出法国王朝的进步，及首都建筑对于省会建筑之影响。但是艺术的历史效用，尤在使我们与一个时代的心灵，及时代感觉的背景接触。在表面上，文学与哲学所供给我们的材料最为明白，而它们对于一个时代的性格，也能归纳在确切下移的公式中，但它们的单纯化的功效是勉强的，不自然的，而我们所得的观念，也是贫弱而呆滞的；至于艺术，却是依了活动的人生模塑的，而且艺术的领域，较之文学要广大得多。法国的艺术，已经有十个世纪的历史，但我们往常只是依据了四世纪文学，来判断法国思想。法国的中古艺术所显示我们的内地生活，并没有被法国的古典文学所道及。世界上很少国家的民族，像法国那般混杂。它包含着意大利人的、西班牙人的、德国人的、瑞士人的、英国人的、佛兰德斯人的种种不同，甚至有时相反的民族与传统。这些互相冲突的文化都因了法国政治的统一，才融合起来，获得折中，均衡。法国文学，的确表现了这种统一的情形，但它把组成法国民族性格的许多细微的不同点，却完全忽视了。我们在凝视着法国哥特式教堂的玫瑰花瓣的彩色玻璃时，就想起往常批评法国民族特性的论见之偏执了。人家说法国人是理智而非幻想，乐观的而非荒诞，他的长处是素描而非色彩的。然而就是这个民族，曾创造了神秘的东方的玫瑰。

由此可见，艺术的认识可以扩大和改换对于一个民族的概念，单靠文学是不够的。

这个概念，如果再由音乐来补充，将更怎样的丰富而完满！

音乐会把没有感觉的人弄迷糊了。它的材料似乎是渺茫得捉摸不住，而且是无可理解，与现实无关的东西。那么，历史又能在音乐中间，找到什么好处呢?

然而，第一，说音乐是如何抽象的这句话是不准确的；它和文学、戏剧、一个时代的生活，永远保持着密切的关系。歌剧史对于风化史及交际史的参证是谁也不能否认的。音乐的各种形式，关联着一个社会的形式，而且使我们更能了解那个社会。在许多情形之下，音乐史并且与其他各种艺术史有十分密切的联络，各种艺术往往互相影响，甚至因了自然的演化，一种艺术常要越出它自己的范围而侵入别种艺术的领土中去，有时是音乐成了绘画，有时是绘画成了音乐。米开朗琪罗曾经说过：“好的绘画是音乐，是旋律。”名种艺术，并没像理论家所说的，有怎样不可超越的樊篱。一种艺术，可以承继别一种艺术的精神，也可以在别种艺术中达到它理想的境界：这是同一种精神上的需要，在一种艺术中尽量发挥，以致打破了一种艺术的形式，而侵入其他一种艺术，以寻求表白思想的最完满的形式。因此，音乐史的认识，对于造型美术史常是很需要的。

可是，就以音乐的元素来讲，它的最大的意味，岂非因为它能使人们内心的秘密，长久地蕴蓄在心头的情绪，找到一种借以表白的最自由的言语？音乐既然是最深刻与最自然的表现，则一种倾向往往在没有言语，没有事实证明之前，先有音乐的暗示。日耳曼民族觉醒的十年以前，就有《英雄交响曲》；德意志帝国称雄欧洲的前十年也先有了瓦格纳的《齐格弗里德》(*Siegfried*)。

在某种情况之下，音乐竟是内心生活的唯一的表白——例如十七世纪的意大利与德国，它们的政治史所告诉我们的，只有宫廷的丑史，外交和军事的失败，国内的荒歉，亲王们的婚礼……那么，这两个民族在十八、十九两个世纪的复兴，将如何解释？只有他们音乐家的作品，才使我们窥见他们一二世纪后中兴的先兆。——德国三十年战争的前后，正当内忧外患，天灾人祸相继沓来的时候，约翰·克里斯托夫·巴赫（Johann Christoph Bach）、约翰·米夏埃尔·巴赫（Johann Michael Bach）[他们就是最著名的音乐家约翰·塞巴斯蒂安·巴赫（Johann Sebastian Bach）的祖先] 正在歌唱他们伟大的坚实的信仰。外界的扰攘和纷乱，丝毫没有动摇他们的信心。他们似乎都感到他们光明的前途。——意大利的这个时代，亦是音乐极盛的时代，它的旋律与歌剧流行全欧，在宫廷旖旎风流的习尚中，暗示着快要觉醒而奋起的心灵。

此外还有一个更显著的例子。是罗马帝国的崩溃，野蛮民族南侵，古文明渐次灭亡的时候，帝国末期的帝王与野蛮民族的酋长，对于音乐，抱着同样的热情。第四世纪起，开始酝酿那著名的《格列高利圣歌》（*Gregorian Chant*）。这是基督教经过二百五十年的摧残之后，终于获得胜利的凯旋歌，它诞生的确期，大概在公元五四〇年至六〇〇年之间，正当高卢人与龙巴人南侵的时代。那时的历史，只是罗马与野蛮民族的不断的战争、残杀、抢掠，那些最残酷的记载；然而教皇格列高利手订的宗教音乐，已在歌唱未来的和平与希望了，它的单纯、严肃、清明的风格，简直像希腊浮雕一样的和谐与平静。瞧，这野蛮时代所产生的艺术，哪里有一分野蛮气息？而且，这不是只在寺院内唱的歌曲，它是五六世纪以后，罗马帝国中通俗流行的音乐，它并流行到英、德、法诸国的民间。各国的皇帝，终日厌倦学习，谛听这宗教音乐。从没有一种艺术比它更能代表时代的了。

由此，文明更可懂得，人类的生命在表面上似乎是死灭了的时候，实际还是在继续活跃。在世界纷乱、瓦解，以致破产的时候，人类却在寻找他的永不灭的生机。因此，所谓历史上某时代的复兴或颓唐，也许只是文明依据了一部分现象而断言的，一种艺术，可以有萎靡不振的阶段，然而整个艺术绝没有一刻死亡的。它跟了情势而变化，以找到适宜于表白自己的机会。当然，一个民族困顿于战争、疫疠之时，他的创造力很难由建筑方面表现，因为建筑是需要金钱的，而且，如果当时的局势不稳，那就绝没有新建筑的需求。即其他各种造型美术的发展，也是需要相当的闲暇与奢侈，优秀阶级的嗜好，与当代文化的均衡。但在生活维艰，贫穷潦倒，物质的条件不容许人类的创造力向外发展时，他就深藏含蓄；而他寻觅幸福的永远的需求，却使他找到了别的艺术之路。这时候，美的性格，变成内心的了；它藏在深邃的艺术——诗与音乐中去。我确信人类的心灵是不死的，故无所谓死亡，亦无所谓再生，光焰永无熄灭之日，它不是照耀这种艺术，就是照耀那种艺术；好似文明，如果在这个民族中绝灭，就在别个民族中诞生的一样。

因此，文明要看到人类精神活动的全部，必须把各种艺术史做一比较的研究。历史的目的，原来就在乎抓到人类思想的全部线索啊！

二

我们现在试把音乐之历史的发展大略说一说吧。它的地位比一般人所想象的重要得多。在远古，古老的文化中，音乐即已产生。希腊人把音乐当作与天文、医学一样可以澄清人类心魂的一种工具。柏拉图认为音乐家实有教育的使命。在希腊人心目中，音乐不只是一组悦耳的声音的联合，而是许多具有确切内容的建筑。“最富智慧性的是什么？——数目；最美的是什么？——和谐。”他们并且分别出某种节奏的音乐令人勇武，某一种又令人快乐。由此可见，当时人士重视音乐。柏拉图对于音乐的趣味尤其卓越，他认为公元前七世纪奥林匹克曲调后，简直没有好的音乐可听了。然而，自希腊以降，没有一个世纪不产生音乐的民族；甚至我们普遍认为最缺少音乐天禀的英国人，迄一六八八年革命时止，也一直是音乐的民族。

而且，世界上除了历史的情形以外，还有什么更有利于音乐的发展？音乐的兴盛往往在别种艺术衰落的时候，这似乎是很自然的结果。我们上面讲述的几个例子，中世纪野蛮民族南侵时代，十七世纪的意大利和德意志，都足令我们相信这情形。而且这也是很合理的，既然音乐是个人的默想，它的存在，只需一个灵魂与一个声音。一个可怜虫，艰苦穷困，幽锢在牢狱里，与世界隔绝了，什么也没有，但他可以创造出一部音乐或诗的杰作。

但这不过是音乐的许多形式中之一种罢了。音乐固然是个人的亲切的艺术，可也算社会的艺术。它是幽思、痛苦的女儿，同时也是幸福、愉悦，甚至轻佻浮华的产物。它能够适应、顺从每一个民族和每一个时代的性格。在我们认识了它的历史和它在各时代所取的种种形式之后，我们再不会觉得理论家所给予的定义之矛盾为何异了。有些音乐理论家说音乐是动的建筑，又有些则说音乐是诗的心理学。有的把音乐当作造型的艺术；有的当作纯粹表白精神的艺术。对于前者——音乐的要素是旋律（melodie 或译曲调），后者则是和声（harmonie）。实际上，这一切都对的，他们一样有理。历史的要点，并非使人疑惑一切，而是使人部分地相信一切，使人懂得在许多互相冲突的理论中，某一种学说是对于历史上某一个时期是准确的，另一学说又是对于历史上另一时期是准确的。在建筑家的民族中，如十五、十六世纪的法国与佛兰德斯民族音乐是音的建筑。在具有形的感觉与素养的民族，如意大利那种雕刻家与画家的民族中，音乐是素描、线条、旋律、造型的美。在德国人那种诗人与哲学家的民族中，音乐是内心的诗，抒情的表白，哲学的幻想。在弗朗索瓦一世与查理九世的朝代（十五、十六世纪），音乐是宫廷中风雅与诗意的艺术。在宗教革命的时代，它是信仰与奋斗的艺术。在路易十四朝中，它是歌舞升平的艺术。十八世纪则是沙龙的艺术。大革命前期，它又成了革命人格的抒情诗。总而言之，没有一种方式可以限制音乐。它是世纪的歌声，历史的花朵；它在人类的痛苦与欢乐下面同样地滋长蓬勃。

昆曲

◎ 叶圣陶

昆曲本是吴方言区域里的产物，现今还有人在那里传习。苏州地方，曲社有好几个。退休的官僚，现任的善堂董事，从课业练习簿的堆里溜出来的学校教员，专等冬季里开栈收租的中年田主少年田主，还有诸如此类的一些人，都是那几个曲社里的社员。北平并不属于吴方言区域，可是听说也有曲社，又有私家聘请了教师学习的，在太太们，能唱几句昆曲算是一种时髦。除了这些“爱美的”唱曲家偶尔登台串演以外，“职业的”演唱家只有一个班子，这是唯一的班子了，就是上海“大千世界”的仙霓社。逢到星期日，没有什么事来逼迫，我也偶尔跑去，看他们演唱，消磨一个下午。

演唱昆曲是厅堂里的事。地上铺一方红地毯，就算是剧中的境界；唱的时候，笛子是主要的乐器，声音当然不会怎么响，但是在一个厅堂里，也就各处听得见了。搬上旧式的戏台去，虽然在一个并不广大的戏园子里，就不及平剧那样容易叫全体观众听清。如果搬上新式的舞台去，那简直没有法子听，大概坐在第五六排的人就只看见演员拂袖按鬓了。我不曾做过考据功夫，不知道什么时候才有演唱昆曲的戏园子。从一些零星的记载看来，似乎明朝时候只有绅富家里养着私家的戏班子。《桃花扇》里有陈定生一班文人向阮大铖借戏班子，要到鸡鸣埭上去吃酒，看他的《燕子笺》，也可以见得当时的戏不过是几十个人看看东西罢了。我十几岁的时候，苏州城外有演唱平剧的戏园子两三家，演唱昆曲的戏园子是不常有的，偶尔开设起来，开锣不久，往往因为生意清淡就停闭了。

昆曲彻头彻尾是士大夫阶级的娱乐品，宴饮的当儿，叫养着的戏班子出来串演几出，自然是满写意的。而那些戏本子虽然也有幽期密约，劫盗篡夺，但是总之归结到教忠教孝，劝贞劝节，神佛有灵，人力微薄，这除了供给娱乐以外，对于士大夫阶级也尽了相当的使命。就文辞而论，据内行家说，多用辞藻故实是不算稀奇的，要像元曲那样亦文亦话，才是本色。然而就是像了元曲，又何尝能够句句同口语一般，听进耳朵就明白？况且昆曲的调子有非常迂缓的，一个字延长到了十几拍，那就无论如何讲究辨音，讲究发声跟收声，听的人总之难以听清楚那是什么字了。所以，听昆曲先得记熟曲文；自然，能够通晓曲文里的辞藻跟故事那就尤其有味。这又岂是士大夫阶级以外的人所能办到的？当初编撰戏本子的人原来不曾为大众设想，他们只就自己的天地里选取一些材料，演成悲欢离合的故事，借此娱乐自己，教训同辈，或者发发牢骚。谁如果说昆曲太不顾到大众，谁就是认错了题目。

昆曲的串演，歌舞并重。舞的部分就是身体的各种动作跟姿势，唱到哪个字，眼睛应该看哪里，手应该怎样，脚应该怎样，都由老师傅传授下来，世代遵守着。动作跟姿势大概重在对称，向左方做了这么一个舞态，接下来就向右方也做这么一个舞态，意思是使台下的看客得到同等的观赏。譬如《牡丹亭》里的《游园》一出，杜丽娘小姐跟春香丫头就是一对舞伴，从闺中晓妆起，直到游罢回家止，没有一刻不是带唱带舞的，而且没有一刻不是两人互相对称的。这一点似乎比较平剧跟汉调来得高明。前年看见过一本《国剧身段谱》，详记平剧里各种角色的各种姿势，实在繁复非凡；可是我们去看平剧，就觉得演员很少有动作，如《李陵碑》里的杨老令公，直站在台边尽唱，两手插在袍甲里，偶尔伸出来挥动一下罢了。昆曲虽然注重动作跟姿势，也要演员能够体会才好，如果不知道所以然，只是死守着祖传表演，那就跟木人戏差不多。

昆曲跟平剧在本质上没有多大差别，然而后者比较适合市民，而士大夫阶级已无法挽救他们的没落，昆曲被淘汰是必然的。这个跟麻将代替了围棋，划拳代替了酒令，是同样的情形。虽然有曲社里的人在那里传习，然而可怜得很，有些人连曲文都解不通，字音都念不准，自以为风雅，实际上却是薛蟠那样哼哼，活受罪；等到一个时会到来，他们再没有哼哼的余闲，昆曲岂不将就此“绝响”？这也没有什么可惜，昆曲原不过是士大夫阶级的娱乐品罢了。

有人说，还有大学文科里的“曲学”一门在。大学文科里分门这样细，有了诗，还有词，有了词，还有曲，有了曲，还有散曲跟剧曲，有了剧曲，还有元曲研究跟传奇研究，我只有钦佩赞叹，别无话说。如果真是研究，把曲这样东西看作文学史里的一宗材料，还它一个本来面目，那自然是正当的事。但是人的癖性，往往会因为亲近了某一种东西，生出特别的爱好心情来，以为天下之道尽在于是。这样，就离开研究二字不止十里八里了。我又听说某一个大学里的“曲学”一门功课，教授先生在教室里简直就教唱昆曲，教台旁边坐着笛师，笛声嘘嘘地吹起来，教授先生跟学生就一同爱爱爱……地唱着。告诉我的那位先生说这太不成话了，言下颇有点愤慨。我说，那位教授先生大概还没有知道，仙霓社的台柱子，有名的巾生顾传玠，因为唱昆曲没前途，从前年起丢掉本行，进某大学当学生去了。

这一回又是望道先生出的题目。真是漫谈，对于昆曲一点也没有说出中肯的话。

北平的地台戏

◎ 孙犁

在北平的天桥、西单商场、东安市场的游艺场里，和那些说相声的、唱大鼓书的、变戏法的在一起，我们常见到唱地台戏的人们。

和说相声的、唱大鼓书的一样，他们也是靠着嘴吃饭的。

不过因为他们的组织，他们演戏的技术和“舞台”的形式的新奇，他们更容易引起我们的注意。

戏剧本来就是一种特殊的艺术，它能够由视觉与听觉，直接打动民众的心灵而支配其生活的意念，它能够最敏快地最牢紧地把握住民众的情绪。

在任何时代，任何地方，戏剧是最有力的艺术而最普遍地为人们从事着，不论它的形式是怎样的不同，都随时随地在变化着。

在近代，随着社会组织的细密，戏剧，已经成为一种繁重的艺术。这种现象，使戏剧在某一点上，脱离了民众。

这种事实，处处明显地表现着。尤其在都市里，能够到戏院去的人们，是很少的。

然而，一般贫苦的人们，也是需要戏剧的，这或者，比别的人还要迫切，他们过度地疲劳，是渴望着安慰与调剂的。

于是，在都市里，就有一种新的“剧场”来供给他们。

北平的地台戏的精彩，在别的地方是不容易见到的，这或者因为北平是“京戏”发源地。

地台戏的演出，差不多全是京戏。我们知道京戏在北平是最普通的，上自达官贵人，下及劳苦大众，没有一个人不在喜爱着这种玩意。

在平地上，摆好两圈板凳，观众就坐在上面，中间的空地，就成了台面。

还有一张方桌，这可以说是后台，在桌的两旁坐下了拉胡琴和弹月琴的乐师。所有演员也站在那里。

他们的乐器很简单，除去必用的胡琴外，还有一把月琴，两块硬木板代替了鼓板，至于，京戏应有的其他乐具，便全拿嘴来代替了。

他们的角色，也就三四个，全是很年幼的孩子——八九岁至十一二岁。

他们也有领班的，这个人是有舞台的经验和灵活的手脚的。

一出戏要开始了，他便用嘴打着开场锣。他用一条布蒙住了演员的脸，等胡琴拉完了过门，他把那条布一揭，演员便算上了台，一声声地唱起来。

也不化装，也不照规定动作，小孩子只是站在这里唱。唱得很不错，我们可以猜想，他们曾经是怎样地刻苦学来的。

我曾看见这么一回事，一个小孩饰曹操演捉放宿店，在他要出场的时候，领班的拍了拍他的头发说："用力唱，唱完给你买包子吃。"为了"吃"，那小孩就格外地卖着力气。

在一出戏的终了，小孩们便捧着小盘向观众索钱。人最多的时候，他们可以得到三角或五角。平常的时候，只能得到两角来钱。

在现阶段的社会里，一切"艺术"都脱离了广大的群众。

因为戏剧本身是一种综合的艺术，在这方面，是更明显地表现着。

地台戏，以"原始"的形式来接近广大群众，而能得到艺术的效果，是很值得我们来探讨的。

话剧运动在中国，是早就为一般人努力着，在过去，每每为了公演筹备不易，便流产了公演，想起来，是很痛心的事情。为了演出上的方便，"自由剧场"运动，"小剧场"运动，在从前，也曾有人从事提倡和创制过。我想如果能够批判地采取了地台戏演出的形式，对于话剧运动的普及是有无限的帮助的；同时，在艺术大众化的口号下，这种工作也是很迫切地期待着有人来从事的。

我郑重地提出这个问题，希望大家来讨论。

皮影戏

◎ 金受申

皮影戏起源于京东滦州，虽不是北京“土产”，但在北京已有二三百年的历史。不但前清各王公府邸都有影戏箱，更深印入一般北京人脑筋，成为北京人喜闻乐见的地方剧种。

滦州影戏发明人是滦州安各庄的黄振中先生。时在明万历二十一年（1593 年）。黄先生是万历七年（1579 年）的秀才，创兴影戏的本旨是宣扬教化，以《宣讲拾遗》为底本，所以一直到清光绪二十年（1894 年）前后还称“宣卷”，以后才称“影戏”。影戏在乾、嘉、道、咸四朝期间，曾传布于四川、陕西、豫西、晋南、荆襄、宁夏、热河、奉天、吉林、黑龙江和河北等地。到清朝同治年间分为东、西两派，东派——滦州戏，西派——涿州影。现在北京一二十家影戏社，只西城毛家湾的“和顺社”是西派，以外都是东派的领域了。两派的分别，西派没有底本，影戏人都着古装；东派有底本，旦角用时装，所以后来以东派为影戏的主流。

东派滦州影戏脱胎于高腔，前四五十年还用高腔白口，不过没有尖团字。影戏以旦角为主，所以许多《三国志》的故事没有编入。旦角全用时装，做影戏人时就以当时的“头纂”为主。所以一看影戏人就知道是什么时期的产物。像乾隆、嘉庆时梳“元宝纂”，道光、咸丰时梳“瓢岔儿纂”，同治时梳“平三套”，光绪初年梳“卧龙船”，以后改“苏州撅”，再改“圆纂”，再改“十三盘”，再改“搭拉苏”，再改“桃儿式”，现在剪发改“飞机式”。比如《吴汉杀妻》，公主戴凤冠霞帔，如果是清末民初做的影戏人，凤冠下面也要加个桃儿式，使观众一目了然。《施公案》戏中的黄天霸，不戴罗帽，只戴草帽凉帽，一遇交战立刻甩草帽盘辫子，使人一看就知是清朝戏，所以说影戏是有时代性的。

影戏当然是以表演，即俗话说的以“耍”为主，在纸帐下通过活动表现剧中情节。手法灵敏的能使皮人动作逼真，但唱腔白口也十分讲究。影戏开场先念坐场诗两句或四句。如《雅观楼》是：“剑戟光芒映日月，旌旗闪动圮风云。”坐场诗后是报名叙事。影戏叙事和戏剧不同，要把全戏情节说出十之七八，使听众得知大概。报名叙事以后就是唱，以戏的内容和角色的情绪分别选用八种腔调：

一、“七字文”，不论多少句都是每句七个字，用平韵叫“正”，用仄韵叫“反”，反七字没有过板，拍节紧凑。

二、“三赶七”，也有反正，格式是俩三字、俩四字、俩五字、俩六字、俩七字算为一式。

三、“五字句”，也有反正，是不论多少句都是每句五字。

四、“大金边”，格式是俩五字、俩三字、俩四字、单七字、俩三字。大金边宜用在滑稽戏上，如《王小赶脚》中的词：“拉驴出了关，四面咱上眼，好热闹，人呐喊，杂货礤床，打着布伞，茶楼紧对黄酒馆，（哈哈）好大碗，好大碗。”就是这种格式。

五、“小金边”，是俩五字、单七字。

六、“六字头”，俩三字、单七字。

七、“三字经”，完全是三字一句。

八、“十字句”，完全是十字一句。

这八种腔调格式是一定的。有那不知道影戏价值的，硬说影戏胡唱，那真是胡说。影戏当初既是宣传教化的工具，所以文字很隽雅，像滑稽戏《老师谋馆》，完全用“四书”（《论语》《孟子》《大学》《中庸》）句子;《偷蔓菁》完全套用“五经”（《诗经》《书经》《易经》《礼记》《春秋》）句子，没知识的人，真是听不懂。

影戏题材丰富，本戏很多。一出连台本戏能演二十八个小时，每日演四小时，能演七日。皮黄中的《混元盒》，以前福寿堂演的

《十粒金丹》，都是由影戏翻过来的。影戏本戏最好的有《五风剑》《青云剑》(即《马潜龙走国》)、《五虎平西》《望夫山》《三贤传》等，都是穿插紧凑的剧本。武戏中最好的有《棋盘会》《黄巢抢长安》《无底洞》《太平桥》，带水彩的《二龙戏珠》《珍珠烈火旗》《火烧余洪》等，都是马上步下、一招一式极讲究的剧本。旦戏最多，像《祭塔》《雪梅吊孝训子》《三娘教子》《千张纸》《走鼓粘棉》《夜宿花亭》，唱功白口身段无一不佳。滑稽戏像《秃子过会》《双怕婆》《嘎秃子闹洞房》《老师谋馆》《偷蔓菁》《偷萝卜》《借狄狄》《打枣》《打面缸》，因为影戏用京白，所以足以令人喷饭。

庆民升影戏社李峻峰、李脱尘父子思想新颖，笃奉基督教，不但对于词句力求合理化，还编了许多新戏和基督教戏。如《庚子变乱记》，便是一本富有历史性的本戏，戏中将义和团和刚毅、荣禄等个性，描写得很好。基督教戏有《出埃及》《大卫战胜克利亚》《火烧所得马额木拉》《耶稣降生》《耶稣生日》《但以理》等，也起到宣传教化的作用。

诗论零札

◎ 戴望舒

竹头木屑，牛溲马勃，运用得法，可成为诗，否则仍是一堆弃之不足惜的废物。罗绮锦绣，贝玉金珠，运用得法，亦可成为诗，否则还是一些徒炫眼目的不成器的杂碎。

诗的存在在于它的组织。在这里，竹头木屑，牛溲马勃，和罗绮锦绣，贝玉金珠，其价值是同等的。

批评别人的诗说“如七宝楼台，炫人眼目，拆碎下来，不成片段”，是一种不成理之论。问题不是在于拆碎下来成不成片段，却是在搭起来是不是一座七宝楼台。

西子捧心，人皆曰美，东施效颦，见者掩面。西子之所以美，东施之所以丑的，并不是捧心或眉颦，而是他们本质上美丑。本质上美的，荆钗布裙不能掩；本质上丑的，珠衫翠袖不能饰。

诗也是如此，它的佳劣不在形式而在内容。有“诗”的诗，虽以佶屈聱牙的文字写来也是诗，没有“诗”的诗，虽韵律整齐音节铿锵，仍然不是诗。只有乡愚才会把穿了彩衣的丑妇当作美人。

说“诗不能翻译”是一个通常的错误。只有坏诗一经翻译才失去一切，因为实际它并没有“诗”包含在内，而只是字眼和声音的炫弄，只是渣滓。真正的诗在任何语言的翻译中都永远保持着它的价值。而这价值，不但是地域，就是时间也不能损坏的。

翻译可以说是诗的试金石，诗的滤箩。

不用说，我是指并不歪曲原作的翻译。

韵律齐整论者说：有了好的内容而加上“完整的”形式，诗始达于完美之境。

此说听上去好像有点道理，仔细想想，就觉得大谬。诗情是千变万化的，不是仅仅几套形式和韵律的制服所能衣蔽。以为思想应该穿衣裳已经是专断之论了（梵乐希:《文学》），何况主张不论肥瘦高矮，都应该一律穿上一定尺寸的制服？

所谓“完整”并不应该就是“与其他相同”。每一首诗应该有它自己固有的“完整”，即不能移植的它自己固有的形式，固有的韵律。

米尔顿说，韵是野蛮人的创造；但是，一般意义的“韵律”，也不过是半开化人的产物而已。仅仅非难韵实乃五十步笑百步之见。

诗的韵律不应只有浮浅的存在。它不应存在于文字的音韵抑扬这表面，而应存在于诗情的抑扬顿挫这内里。

在这一方面，昂德莱·纪德提出过更正确的意见："语辞的韵律不应是表面的，矫饰的，只在于铿锵的语言的继承；它应该随着那由一种微妙的起承转合所按拍着的，思想的曲线而波动着。"

定理：

音乐：以音和时间来表现的情绪的和谐。

绘画：以线条和色彩来表现的情绪的和谐。

舞蹈：以动作来表现的情绪的和谐。

诗：以文字来表现的情绪的和谐。

对于我，音乐，绘画，舞蹈，等等，都是同义字，因为它们所要表现的是同一的东西。

把不是"诗"的成分从诗里放逐出去。所谓不是"诗"的成分，我的意思是说，在组织起来时对于诗并非必需的东西。例如通常认为美丽的辞藻，铿锵的音韵，等等。

并不是反对这些辞藻、音韵本身。只当它们对于"诗"并非必需，或妨碍"诗"的时候，才应该驱除它们。

辑七

我的爱人啊，
你难道被街上的大灰狼衔走了吗？

你不懂写信的艺术，

像“请你莫怪我，我不肯嫁你”这种句子，

怎么可以放在信的开头地方呢？

爱就是刑罚

◎ 许地山

“这什么时候了，还埋头在案上写什么？快同我到海边去走走吧。”

丈夫尽管写着，没站起来。也没抬头对他妻子行个“注目笑”的礼。妻子跑到身边，要抢掉他手里的笔，他才说：“对不起，你自己去吧。船，明天一早就要开，今晚上我得把这几封信赶出来；十点钟还要送到船里的邮箱去。”

“我要人伴着我到海边去。”

“请七姨子陪你去。”

“七妹子说我嫁了，应当和你同行，她和别的同学先去了。我要你同我去。”

“我实在对不起你，今晚不能随你出去。”他们争执了许久，结果还是妻子独自出去。

丈夫低着头忙他的事体，足有四点钟工夫。那时已经十一点了，他没有进去看看那新婚的妻子回来了没有，披起大衣大踏步地出门去。

他回来，还到书房里检点一切，才进入卧房。妻子已先睡了。他们的约法：睡迟的人得亲过先睡者的嘴才许上床。所以这位少年走到床前，依法亲了妻子一下。妻子急用手在唇边来回擦了几下。那意思是表明她不受这个接吻。

丈夫不敢上床呆呆地站在一边。一会，他走到窗前，两手支着下颔，点点的泪滴在窗棂上。他说:“我从来没受过这样刑罚！……你的爱，到底在哪里？”

“你说爱我，方才为什么又刑罚我，使我孤零？”妻子说完，随即起来，安慰他说:“好人，不要当真，我和你闹玩哪。爱就是刑罚，我们能免掉吗？”

…………

窗帘

◎ 陆蠡

回家数天了，妻已不再做无谓的腼腆。在豆似的灯光下，我们是相熟了。

金漆的床前垂着褪黄的绸帐。这帐曾证明我们结婚是有年了。灯是在帐里的，在外面看来，我们是两个黑黑的影。

“拉上窗帘吧。”妻说。

“怕谁，今晚又不是洞房。”

“但是我们还是初相识。”

“让我们行合卺的交拜礼吧。”

“燃上红烛呢。”

“换上新装呢。”

我们都笑了。真的，当我燃起红烛来说：“今后我们便永远地相爱吧。”心里便震颤起来。

丝般的头发在腮边擦过感到绒样的温柔。各人在避开各人的眼光，怕烛火映得双颊更红吧。

“弟弟，我真的欢喜。”

“让我倚在你的胸前吧。”

“顽皮呢，孩子。”

“今后，我不去了。”

“去吧，做事，在年轻的时候。”

“刚相熟便分手了。”

“去了也落得安静。”

我在辨味这高洁的欢愉。红烛结了灯花，帐里是一片和平、谧穆。

窗帘并未拉上。

一九三三年

朱生豪情书[1]

◎ 朱生豪

一

好人：

你不懂写信的艺术，像“请你莫怪我，我不肯嫁你”这种句子，怎么可以放在信的开头地方呢？你试想一想，要是我这信偶尔被别人在旁边偷看见了，开头第一句便是这样的话，我要不要难为情？理该是放在中段才是。否则把下面“今天天气真好，春花又将悄悄地红起来”二句搬在头上做帽子，也很好。“今天天气真好，春花又将悄悄地红起来，我没有什么意见”这样的句法，一点

① 本文为原文的节选部分。

意味都没有；但如果说，“今天天气真好，春花又将悄悄地红起来，请你莫怪我，我不肯嫁你”，那就是绝妙好词了。如果你缺少这种 poetical instinct，至少也得把称呼上的“朱先生”三字改作“好友”，或者肉麻一点就用“孩子”；你瞧“朱先生，请你莫怪我，我不肯嫁你”这样的话多么刺耳；“好友，请你莫怪我，我不肯嫁你”，就给人一个好像含有不得不苦衷的印象了，虽然本身的意义无二致；问题并不在“朱先生”或“好友”的称呼上，而是“请你莫怪我……”十个字，根本可以表示无情的拒绝和委婉的推辞两种意味。你该多读读《左传》。

我没有要你介绍女朋友的意思，别把我的话太当真。你的朋友（指我）是怎样一宗宝货你也知道，介绍给人家人家不会感激你的，至于我则当然不会感激你。

我待你好，你也不要不待我好。

二

爱人：

写一封信在你不过是绞去十分之一点的脑汁，用去两滴眼泪那么多的墨水，一张白白的信纸，一个和你走起路来的姿势一样方方正正的信封，费了五分钟那么宝贵的时间，贴上五分大洋吾党总理的邮票，可是却免得我食不甘味，寝不安席，无心工作，悲观厌世，一会儿恨你，一会儿体谅你，一会儿发誓不再爱你，一会儿发誓无论你怎样待我不好，我总死心眼儿爱你，一会儿在想象里把你打了一顿，一会儿在想象里让你把我打了一顿，十足地神经错乱，肉麻而且可笑。你瞧，你何必一定要我发傻劲呢？就是你要证明你自己的不好，也有别的方法，何必不写信？因此，一、二、三，快写吧。

三

弟怨不欲生，阿姊是否被大狼衔去了乎？

纸上洒了几滴水，当作眼泪。

廿九五点钟

致陆小曼

◎ 徐志摩

龙龙：

我的肝肠寸寸地断了，今晚再不好好地给你一封信，再不把我的心给你看，我就不配爱你，就不配受你的爱。我的小龙呀，这实在是太难受了，我现在不愿别的，只愿我伴着你一同吃苦——你方才心头一阵阵地作痛，我在旁边只是咬紧牙关闭着眼替你熬着。龙呀，让你血液里的讨命鬼来找着我吧，叫我眼看你这样生生地受罪，我什么意念都变了灰了！你吃现鲜鲜的苦是真的，叫我怨谁去？

离别当然是你今晚纵酒的大原因，我先前只怪我自己不留意，害你吃成这样，但转想你的苦，分明不全是酒醉的苦，假如今晚你不喝酒，我到了相当的时刻得硬着头皮对你说再会，那时你就会舒服了吗？再回头受逼迫的时候，就会比醉酒的病苦强吗？咳，你自己说得对，顶好是醉死了完事，不死也得醉，醉了多少可以自由发泄，不比死闷在心窝里好吗？所以我一想到你横竖是吃苦，我的心就硬了。我只恨你不该留这许多人一起喝，这人一多就糟；要是单是你与我对喝，那时要醉就同醉，要死也死在一起，醉也是一体，死也是一体，要哭让眼泪合成一起，要心跳让你我的胸膛贴紧在一起，这不是在极苦里实现了我们向往的极乐，从醉的大门走进了大解脱的境界，只要我们灵魂合成了一体，这不就满足了我们最高的想望吗？

啊我的龙，这时候你睡熟了没有？你的呼吸调匀了没有？你的灵魂暂时平安了没有？你知不知道你的爱正含着两眼热泪在这深夜里和你说话，想你，疼你，安慰你，爱你？我好恨呀，这一层的隔膜，真的全是隔膜，这仿佛是你淹在水里挣扎着要命，他们却掷下瓦片石块来算是救度你，我好恨呀！这酒的力量还不够大，方才我站在旁边我是完全准备了的，我知道我的龙儿的心坎儿只嚷着："我冷呀，我要他的热胸膛偎着我；我痛呀，我要我的他搂着我；我倦呀，我要在他的手臂内得到我最向往的安息与舒服！"——但是实际上我只能在旁边站着看，我稍微一帮助就受人干涉，意思说："不劳费心，这不关你的事，请你早去休息吧，她不用你管！"哼，你不用我管！我这难受，你大约也有些觉着吧！

方才你接连叫着："我不是醉，我只是难受，只是心里苦。"你那话一声声像是钢铁锥子刺着我的心：愤、慨、恨、急的各种情绪就像潮水似的涌上了胸头；那时我就觉得什么都不怕，勇气像天一般的高，只要你一句话出口什么事我都干！为你，我抛弃了一切，只是本分；为你，我还顾得什么性命与名誉——真的，假如你方才说出了一句半句着边际着颜色的话，此刻你我的命运早已变定了方向都难说哩！

你多美呀，我醉后的小龙，你那惨白的颜色与静定的眉目，使我想象起你最后解脱时的形容，使我觉着一种逼迫赞美崇拜的激震，使我觉着一种美满的和谐——龙，我的至爱，将来你永诀尘俗的俄顷，不能没有我在你最近的旁边，你最后的呼吸一定得明白报告这世间你的心是谁的，你的爱是谁的，你的灵魂是谁的！龙呀，你应当知道我是怎样地爱你，你占有我的爱，我的灵，我的肉，我的“整个儿”。永远在我爱的身旁旋转着，永久地缠绕着，真的，龙龙，你已经激动了我的痴情。我说出来你不要怕，我有时真想拉你一同死去，去到绝对的死的寂灭里去实现完全的爱，去到普遍的黑暗里去寻求唯一的光明——咳，今晚要是你有一杯毒药在近旁，此时你我也许早已在极乐世界了。说也怪，我真的不沾恋这形式的生命，我只求一个同伴，有了同伴我就情愿欣欣地瞑目；龙龙，你不是已经答应做我永久的同伴了吗？我再不能放松你，我的心肝，你是我的，你是我这一辈子唯一的成就，你是我的生命，我的诗；

你完全是我的，一个个细胞都是我的——你要说半个不字叫天雷打死我完事。

我在十几个钟头内就要走了，丢开你走了，你怨我忍心不是？我也自认我这回不得不硬一硬心肠，你也明白我这回去是我精神的与知识的“撒拿吐瑾”。我受益就是你受益，我此去得加倍地用心，你在这时期内也得加倍地奋斗，我信你的勇气，这回就是你试验、实证你勇气的机会。我人虽走，我的心不离开你，要知道在我与你的中间有的是无形的精神线，彼此的悲欢喜怒此后是会相通的，你信不信？（身无彩凤双飞翼，心有灵犀一点通。）我再也不必嘱咐，你已经有了努力的方向，我预知你一定成功，你这回冲锋上去，死了也是成功！有我在这里，龙龙，放大胆子，上前去吧，彼此不要辜负了，再会！

摩

（一九二五年）三月十日早三时通

话说“相思”

◎ 冰心

我在美国威尔斯利女子大学研究院读硕士学位时，论文的题目是《李清照词英译》。导师是研究院教授 L 夫人。我们约定每星期五下午到她家吃茶。事前我把《漱玉词》一首译成英文散文，然后她和我推敲着译成诗句。我们一边吃着茶点，一边谈笑，都觉得这种讨论是个享受。

有一次——时间大约是一九二五年岁暮吧——在谈诗中间，她忽然问我：“你写过情诗没有？”我不好意思地说：“我刚写了一首，题目叫作‘相思’。”

避开相思，

披上裘儿，

走出灯明人静的屋子。

小径里冷月相窥，

枯枝——

在雪地上

又纵横地写遍了相思！

12 月 12 日夜，1925

我还把汉字“相思”两字写给她看，因为“相”字旁的“目”字和“思”字上面的“田”字，都是横平竖直的，所以雪地上的枯枝会构成“相思”两字。她笑了，说是“很有意思，若是用弯弯曲曲的英文字母，就写不出来了”！

她只笑着，却没有追问我写这首诗的背景。那时威大的舍监和同宿舍的同学，都从每天的来信里知道我有个“男朋友”了。那年暑假我同文藻在绮色佳大学补习法文时，还在谈着恋爱！十二月十二日夜我得到文藻一封充满着怀念之情的信，觉得在孤寂的宿舍屋里，念不下书了，我就披上大衣，走下楼去，想到图书馆人多的地方，不料在楼外的雪地上却看见满地上都写着“相思”两字！结果，我在图书馆里也没念成书，却写出了这一首诗。但除了对我的导师外，别的人都没有看过，包括文藻在内！

“相思”两字在中国，尤其在诗词里是常见的字眼。唐诗中的“情人怨遥夜，竟夕起相思”“愿君多采撷，此物最相思”，唐代的李商隐无可奈何地说“直道相思了无益”，清代的梁任公先生却执拗地说“不因无益废相思”。此外还有写不完、道不尽的相思诗句，不但常用于情人朋友之间，还有用于讽刺时事的，这里就不提它了。

说到这里，我想起一段笑话：一九二六年，我回到母校燕京大学，教一年级国文课。这班里多是教务处特地编到我班里来的福建、广东的男女学生，为了教好他们的普通话，为了要他们学会“咬”准字音，我有时还特意找些“绕口令”，让他们学着念。有一次就挑了半阕词，记得是咏什么鸟的：

金埒远，玉塘稀，
天空海阔几时归？
相离只晓相思死，
那识相思未死时！

这“相思死”和“未死时”几个字，十分拗口，那些学生们绕不过口来，只听见满堂的“嘶，嘶，嘶”和一片笑声！

不久，有一天一位女同事（我记得是生物系的助教江先群，她的未婚夫是李汝祺先生，也是清华的学生，比文藻高两班，那时他也在美国）悄悄地笑问我:“听说你在班里尽教学生一些香艳的诗曲，是不是你自己也在想念海外的那个人了？”我想她指的一定是我教学生念的那两句有关“相思”的词句。我一边辩解着，却也不禁脸红起来。

一九八六年三月二十六日晨

花样年华

◎ 丁立梅

这个故事，是我七十岁的老父亲讲给我听的。

故事的主人公，是我父亲小学时的同学。他们多年不遇了，某天，这个老同学突然找了来。两个须发皆白的老人，在秋日的黄昏下，执手相看，无语凝噎。岁月的风，呼啦啦吹过去，就是一辈子。

他来，是要跟我父亲讲一个天大的秘密。他怀揣着这个秘密，日夜煎熬。这个秘密，不可以对妻讲，不可以对儿女讲，不可以对亲戚朋友讲。唯一能告诉的，只有我父亲这个老同学了。

我父亲搬出家里唯一一瓶陈年老酒，着我母亲炒了一碟花生米和一碟鸡蛋，他们就着黄昏的影子，一杯一杯饮。夕照的金粉，洒了一桌。我父亲的老同学，缓缓开始了他的叙述。

四十多年前，他还是个身材挺拔的年轻人，额角光滑，眼神熠熠。那时，他在一所中学任代课教师，课上得极有特色，深得学生们热爱。

亦早早结了婚，奉的是父母之命，媒妁之言。女人是邻村的，大字不识一个，性格木讷，但长得腰宽臀肥。父母极中意，认为这样的媳妇干活时一把好手，会生孩子，能旺夫。他是孝子，父母满意，他便满意。

婚后，他与女人交流不多，平常吃住在学校，周末才回家。回家了，也多半无话。他忙他的，备课，改作业。女人忙女人的，家里鸡鸭猪羊一大堆，田里庄稼活也多，女人是能干的，把家里家外收拾得妥妥帖帖，他对这样的日子，没有什么可嫌弃的，直到他陷入一个女学生的爱情中。

女学生是别班的，十九岁，个子高挑，性格活泼，能歌善舞。学校元旦文艺演出，他和她分别是男女主持。她伶俐的口才，洒脱的台风，让他印象深刻。他翩翩的风采，磁性的嗓音，让她着迷，那之后，他们渐渐走近了。说不清是什么感觉，见到她，他是欢喜的，仿佛暮色苍苍之中，一轮明月突然升起，把心头照得华美透亮。她更是欢喜的，看见他，整个世界都是金光闪闪的。她悄悄给他织围巾和手套，从家里做了雪菜烧小鱼带给他。课余时间，他们一起畅谈古今中外名著，一起弹琴唱歌。花样年华，周遭的每一寸空气，都是香甜的。

他们爱了，在女学生毕业的时候，他犹豫再三，回去跟女人提出离婚。女人低头切猪草，静静听，一句话也没说，却在他回学校之后，用一根绳子结果了自己的性命。

晴天里一声霹雳，就这样轰隆隆炸下来，他的生活，从此无法复原。女学生悄然远走，像一粒尘，掉进沙砾中，转瞬间消失得无影无踪。他背负着“陈世美”的骂名，默默独自生活了十年后，才又重新娶妻，妻是外乡人，忠厚老实，不介意他的过往。就冲这一点，他对妻是终生感激的。

很快，他有了儿子。隔两年，又有了女儿。儿子渐渐大了。女儿渐渐大了。小家屋檐下，他勤勤恳恳生活着。年轻时那场痛彻心扉的爱情，早已模糊成一团烟雾。偶尔飘过来，他会怔上一怔，像想别人的事。那个女学生的面容，他亦记不起了。

他做梦也没想过他们会重逢。当年，她与他分手时，已怀上他的孩子，她没告诉他。一个人远走他乡，生下儿子。因心里念着他，她一直没结婚，历尽千辛万苦，独自抚养大了儿子。儿子很争气，一路读书读到博士，漂洋过海去了美国创业，自己开一家公司，生意做得如火如荼。

她把一切对儿子和盘托出，携了儿子来寻他。老街上，竟与在购物的他不期而遇。隔着人群，她一眼认出他，走到他跟前，颤抖着问，你认得我吗？他傻愣愣地看着眼前这个华贵的妇人，摇摇头。

她的泪，落下来，纷乱如雨，她只说了一句，你还记得当年的那个女学生吗？再说不出第二句话来。他只听到哪里“啪啦”一声，记忆哗啦啦倾倒下来，瞬息间把他淹没。以为已忘掉的，却不料，轻轻一触，往昔便如杨絮纷飞，漫山遍野都是。

她说，等了一辈子，只求晚年能够在一起，哪怕不要名分，就砌一栋房，傍着他住，日日看见，便是心安。或者，他们一起去美国，和儿子一起。他的心被铰成一块一块，他多想说，好，我不会再让你等了。却不能。他有妻在家，他不能丢下。

她怅然离去，离去后不久，美国的儿子来电，说她走了。来见他时，她已身患绝症。死前绝食，说生得无趣。却一再关照儿子，要每月记得给他寄钱用。

他躲到没人处，痛哭一场，曾经的花样年华，都当是一场梦。回家，妻端水上前，惊问，你的眼睛怎么红了？他答非所问，环顾左右，说，饭熟了吧？我们吃饭吧。

辑八

理想的生活，
从从容容，简简单单

走过一道道的路，蹚过一条条的河，

不再贪恋风景，不再希求奇遇，

平静、细心，未尝不是一种生活。

美是一种生活方式

◎ 蒋勋

美是一种选择，我面前有这么多的菜，我选择我吃什么；我有车子，可是我有时候不要那么快。美绝对不能跟人比较，美是回来做自己，知道自己生命应该用什么样方式去活着，我觉得它是一个大智慧。

食物之美：一日三餐

食物本身的美怎么去看待，我们一天至少有三餐，每一道菜端出来，或者每一碗饭端出来，或是一碗面，它本身，我们常常讲色香味俱全。色，视觉；香，嗅觉；味，味觉。已经动用掉三种感觉系统了。那么因此这个所谓的色香味俱全是说，我在吃饱饭这件事情上是有目的的。

我饿了，我要吃饱，可在过程当中，我已经在做美的功课，我要锻炼我自己在视觉上对事物的判断，我也要锻炼自己在嗅觉上的判断，以及放到口腔以后，咀嚼它的那个味觉上的一种快乐。

我们假设如果我们今天在我们三餐的食物当中，都非常的草率，非常的粗糙，我知道在城市忙碌的人，大概把三餐当成最可以随便打发的事情，可是它是跟我们的身体有关的，它也跟我们美的功课有关，甜酸咸辣苦，我们讲的五味，它是我们在口腔里面非常复杂的反应，我们在甜的里面所感觉得到的东西，在舌腔里有不同的部位的，那么这个非常复杂的舌头上的味蕾，它会传达出很多的讯号，因此我们在味觉里面学到了好多的东西。

因此我们会发现，汉文明非常有趣，很早就提出一个词叫“品味”，这个三个口的品，跟味觉的味，都跟吃东西有关，可是品这个字，好像特别复杂的一个对味觉上的提高，所以最后我们发现说，它用来指称的东西不完全是吃东西。

我想大家一定听说过，这个人穿衣服好有品位，那英文有完全一样的字 taste，这个人 taste 不错，他穿衣服有他自己的味道，或者说到了一个人家里，他家里的家具很有品位。在中文品位这个词，用得最多的是六朝，王羲之，这些王谢子弟，他们的家族是特别讲究品位的，可是这个品位在英文里面的 taste，在法文里面叫 goûter，都是跟味觉有关，可是它并不是说要吃饱饭这件事情，而是把吃东西的目的性提高成为一个感觉的辨别，一种感觉的辨别，因此我们会发现我们在味觉上有这么敏感吗？

杭州龙井的茶是非常珍贵的，可是还有一个在龙井里面特别珍贵的叫雨前龙井，或者叫明前龙井，清明节以前，还没有下雨以前，采收的龙井，它全部是嫩芽，因为下雨以后，雨水一滋润，这个茶叶，叶子很快就老了，所以他要摘那个下雨以前的嫩芽，用八十摄氏度的温水，所释放出来那一片茶叶在阳光雨水土壤里面所得到的最美的所有的嗅觉跟味觉，所以当在品那个茶的时候，它就绝不是口渴的时候一口喝下去，而是品，这个时候我们叫作品茶。因为它有个非常缓慢的过程，好像在品味自己生命里面一个非常美好的记忆。

我想在东方的品茶，他是在讲品位的，可是这个是我们刚刚所提到的在日常生活里，可能随时要做的所谓美的功课，就可以从喝茶，从食物当中，慢慢地为自己准备好非常好的这个敏锐的感觉，所以有时候我们在检查一个人在吃食物的时候，他能不能有一个自己的品位，那么如果社会里流行山珍海味，鲍鱼啊，鱼翅啊，可是我们知道再好的食物每一餐吃，每一顿吃，他一定腻。腻这个字，就是不知道节制，已经不知道节制。所以他必须回到一个自己的选择说，我今天可以粗茶淡饭，我不要那个山珍海味，我能够把油腻的东西转换成清淡的东西。因此我们讲 taste，讲品位的时候是说，他很充分地知道我怎么选择，我要什么。

穿衣之美：品位与品牌的差异

美其实是回来做自己，我能够不被这个流行所干扰，我知道我自己要什么。譬如说，从食物的美学转到穿衣服的美学，那衣服不过就是求保暖。天气冷了加衣服，人类最早用树叶、用动物的皮毛来做衣服，可是慢慢地我们会发现衣服这个东西可能会跟他的某一种生命情调有关。我们今天说品位变成说这个人穿衣服很有品位，因为他有他自己的选择。

品位常常被误解为品牌。如果问一个朋友说，你喜欢穿好的衣服，那你喜欢什么品牌，他可能说我喜欢香奈儿，我喜欢皮尔卡丹，我喜欢阿玛尼，这叫品牌，贵得要死。

可是品牌并不等于品位。品牌的基础是建立在品位的基础上，你如果说去盲目地迷信那个品牌，最后就是说，不一定有品位。所以说品位是回来做自己，选择自己所要的这个东西，那么在服装上，我们可以说这个人他完全可以素朴地完成他自己，他感觉到丝是一种品位的话，绝不会舍得把纯丝的衣服丢到洗衣机里去，机器是帮了很多忙，可是生活要有自己的快感。这个是从生活里培养自己对美的一个感动。

居住之美：找回传统

房子并不等于家，我忽然想到汉字“家”的意义，一个屋顶下养猪的才叫家。

我想美的基础其实有一种关系，有一种对生命的爱，一种对生命的关心，它才构成美的条件跟基础，否则的话，这个美会变得非常虚假。回到生活里食衣住行这个基础上，我们在生活里做检讨的时候怎么去找回我们觉得是基础，传统可能就是落后，赶快把它丢掉，不想要的东西，可它里面其实有很珍贵的东西。

出行之美：对于行走的眷恋

比如说，谈到行的部分，很多人觉得行怎么谈美学？

行不过就是要到一个地方去，离不开交通，离不开运输。可是我会觉得今天一个城市，它的繁华，它的经济起飞，常常用人有没有车子做标志，这个城市有一千万人口，有四百万车子，到最后车子都动不了，然后那个速度其实变得缓慢，快不了，全部都塞在那个地方。我想在这个阻塞的状况里，你忽然觉得人怎么去做选择。

行的文化，从最早人怎么用腿走路，用脚走路，到骑马，骑驴子，坐船，在那个速度感里都有很多对于行走的眷恋。我们读到王维在唐朝的时候跟朋友送别，《阳关三叠》，大家最熟悉的诗句，旁边种了很多的柳树，朋友要走了，要出远门了，送行，喝一点酒，摘柳树的枝送给朋友，我们现在在飞机场大概就没有这些仪式了，称它为仪式是说，因为告别再见面很难，所以有很大的眷恋，不断地用诗句去表达他对于行这件事情的过程，有一种缓慢，一种缓和的过程。

我常跟朋友提到说，在看宋代的山水画里，其实后来最感动的是中国园林里最伟大的一个建筑，就是忽然出现一个亭子。我到拙政园里面走，就会看到一个小亭子，就想到亭子不过就是让你停下来，停一下吧。你走累了，停一下，这边风景这么好，为什么不停一下。

如果人生一生都在赶路，急急忙忙地走，就像刚才提到的“忙”这个字是心灵死亡了，那他到底能够看到什么，能够感觉到什么。在宋画里，我们看到亭子的位置，大概都在风景最美的地方，我们叫观景亭，它是可以眺望到最美的风景，或者在湖心有一个亭子，都是告诉你，你的人生不一定是拼命赶路的，能够停下来，你才能够感觉到周遭的东西，所以停跟忙刚好变成了一个互动。

美是一种生活方式

我想这是保留在我们语言当中最好的美学提示，它不是一个伟大的体系，可是它告诉我们说人生到底应该怎么去看，所以我常常会反省或检讨我自己，我是不是太忙了，我必要这么忙吗，还是应该留出一些时间给我自己，这个时间我可以去感觉我生活周遭的东西。

我有车子，在我城市里可以开车，如果今天很急着到一个很远的地方，我可以开车去，可是如果今天刚好是礼拜六、礼拜天，没什么事干，春天树都发芽了，要不要出去走一走，欣赏春天的美景，这是你自己的选择。所以我们一再提到美是一种选择，我面前有这么多的菜，我选择我吃什么；我有车子，可是我有时候不要那么快，美的选择有时候非常困难，因为别人会觉得你坐地铁来，你是不是没有车子，所以美绝对不能跟人比较，跟别人比较很辛苦。别人吃什么，我要吃什么，别人开什么样的车子，我要开什么样的车子，非常辛苦。

美是回来做自己，知道自己生命应该用什么样方式去活着，我觉得它是一个大智慧。

所以有时候我很想在食衣住行这个部分，我们回到传统。比如说在华人世界影响很大的一个哲学流派，儒家，孔子，孟子，他们最喜欢讲的一个字是“仁”，仁是仁爱的仁，是仁慈的仁。现在讲的都是哲学里面很抽象的含义，我们知道我们嗑瓜子的时候，也有一个瓜子仁，杏仁，所有硬的壳里面，柔软的部分叫仁，那个是发生生命的部分，所以有人请教孔子什么叫“仁”，孔子说“生生”叫仁，生命必须生长。

我相信那是感觉，是在你生活里面，你在嗑瓜子，你在看到所有的种子的时候，你注意到种子里面包含着所有生命被祝福的意义，这个部分如果没有了，这个压在石头底下的，几代拯救的生命，我怎么去感同身受，我能不能感觉到此刻，我也是好像被压在那个石头底下，我怎么去承担这个部分，我相信这是一个感觉学的东西。

可是美学从十八世纪德国从哲学系统里面发展出来，这个字Ast，在拉丁文的原意是感觉学，是说我们的视觉、听觉、嗅觉、味觉、触觉，有非常细腻的感受性，而这个感受性不能完全被大脑思维的东西所掩盖，我们的思维，理性有理性的判断，感觉有感觉的判断，所以因此在感觉里面让它丰富了，让它可以感到很多丰厚的东西，所以必须承担生活里面许许多多的记忆。

刚才讲过在儿童时候最不喜欢的味觉是苦，我们都不喜欢吃药，因为药太苦，可是人生里面有一部分是要学会苦的，所以欧洲最好的咖啡跟中国最好的茶都强调苦后回甘，你必须在那个苦味之后再回来体会的一个甘甜，它才是真的甘甜，不然只是儿童对糖的眷恋。那个甜太简单了，太幼稚了，而不是人生在苦之后对于甜味的渴望，苦后回甘。

因此在日常生活里，不断去慢慢发现的东西，稍微提醒了之后，就会发现每一个生活的细节都变成某一种功课，并不见得一定要到学校里去上美学的课，而是在生活里不断地去感觉这个部分，所以我讲美在生活里面所体现的是怎么在最自然的状况能够有一种感性的纾解，我相信这样的一个生命是一个竞争力最强的生命。

（文章整合自蒋勋北大演讲《美与生活》）

假如我有九条命

◎ 余光中

假如我有九条命，就好了。

一条命，就可以专门应付现实的生活。苦命的丹麦王子说过：既有肉身，就注定要承受与生俱来的千般惊扰。现代人最烦的一件事，莫过于办手续；办手续最烦的一面莫过于填表格。表格愈大愈好填，但要整理和收存，却愈小愈方便。表格是机关发的，当然力求其小，于是申请人得在四根牙签就满了的细长格子里，填下自己的地址。许多人的地址都是节外生枝，街外有巷，巷中有弄，门牌还有几号之几，不知怎么填得进去。这时填表人真希望自己是神，能把须弥纳入芥子，或者只要在格中填上两个字："天堂"。一张表填完，又来一张，上面还有密密麻麻的各条说明，必须皱眉细阅。至于照片、印章，以及各种证件的号码，更是缺一不可。于是半条命已去了，剩下的半条勉强可以用来回信和开会，假如你找得到相关的来信，受得了邻座的烟熏。

一条命，有心留在台北的老宅，陪伴父亲和岳母。父亲年逾九十，右眼失明，左眼不清。他原是最外向好动的人，喜欢与乡亲契阔谈宴，现在却坐困在半昧不明的寂寞世界里，出不得门，只能追忆冥隔了二十七年的亡妻，怀念分散在外地的子媳和孙女。岳母也已过了八十,五年前断腿至今，步履不再稳便，却能勉力以蹒跚之身，照顾旁边的朦胧之人。她原是我的姨母，家母亡故以来，她便迁来同住；主持失去了主妇之家的琐务，对我的殷殷照拂，情如半母，使我常常感念天无绝人之路，我失去了母亲，神却再补我一个。

一条命，用来做丈夫和爸爸。世界上大概很少全职的丈夫，男人忙于外务，做这件事不过是兼差。女人做妻子，往往却是专职。女人填表，可以自称“主妇”（housewife），却从未见过男人自称“主夫”（househusband）。一个人有好太太，必定是天意，这样的神恩应该细加体会，切勿视为当然。我觉得自己做丈夫比做爸爸要称职一点，原因正是有个好太太。做母亲的既然那么能干而又负责，做父亲的也就乐得“垂拱而治”了。所以我家实行的是总理制，我只是合照上那位俨然的元首。四个女儿天各一方，负责通信、打电话的是母亲，做父亲的总是在忙别的事情，只在心底默默怀念着她们。

一条命，用来做朋友。中国的“旧男人”做丈夫虽然只是兼职，但是做起朋友来却是专任。妻子如果成全丈夫，让他仗义疏财，去做一个漂亮的朋友，“江湖人称小孟尝”，便能赢得贤名。这种有友无妻的作风，“新男人”当然不取。不过新男人也不能遗世独立，不交朋友。要表现得“够朋友”，就得有闲、有钱，才能近悦远来。穷忙的人怎敢放手去交友？我不算太穷，却穷于时间，在“够朋友”上面只敢维持低姿态，大半仅是应战。跟身边的朋友打完消耗战，再无余力和远方的朋友隔海越洲，维持庞大的通信网了。演成近交而不远攻的局面，虽云目光如豆，却也由于鞭长莫及。

一条命，用来读书。世界上的书太多了，古人的书尚未读通三卷两帙，今人的书又汹涌而来，将人淹没。谁要是能把朋友题赠的大著通通读完，在斯文圈里就称得上是圣人了。有人读书，是纵情任性地乱读，只读自己喜欢的书，也能成为名士。有人呢是苦心孤诣地精读，只读名门正派的书，立志成为通儒。我呢，论狂放不敢做名士，论修养不够做通儒，有点不上不下。要是我不写作，就可以规规矩矩地治学；或者不教书，就可以痛痛快快地读书。假如有一条命专供读书，当然就无所谓了。

书要教得好，也要全力以赴，不能随便。老师考学生，毕竟范围有限，题目有形。学生考老师，往往无限又无形。上课之前要备课，下课之后要阅卷，这一切都还有限。倒是在教室以外和学生闲谈问答之间，更能发挥“人师”之功，在“教”外施“化”。常言“名师出高徒”，未必尽然。老师太有名了，便忙于外务，席不暇暖，怎能即之也温？倒是有一些老师“博学而无所成名”，能经常与学生接触，产生实效。

另一条命应该完全用来写作。台湾的作家极少是专业，大半另有正职。我的正职是教书，幸而所教与所写颇有相通之处，不至于互相排斥。以前在台湾，我日间教英文，夜间写中文，颇能并行不悖。后来在香港，我日间教三十年代文学，夜间写八十年代文学，也可以各行其是。不过艺术是需要全神投入的活动，没有一位兼职然而认真的艺术家不把艺术放在主位。鲁本斯任荷兰驻西班牙大使，每天下午在御花园里作画。一位侍臣在园中走过，说道：“哟，外交家有时也画几张画消遣呢。”鲁本斯答道：“错了，艺术家有时为了消遣，也办点外交。”陆游诗云：“看渠胸次隘宇宙，惜哉千万不一施。空回英概入笔墨，生民清庙非唐诗。向令天开太宗业，马周遇合非公谁？后世但作诗人看，使我抚几空嗟咨。”陆游认为杜甫之才应立功，而不应仅仅立言，看法和鲁本斯正好相反。我赞成鲁本斯的看法，认为立言已足自豪。鲁本斯所以传后，是由于他的艺术，不是他的外交。

一条命，专门用来旅行。我认为没有人不喜欢到处去看看：多看他人，多阅他乡，不但可以认识世界，亦可以认识自己。有人旅行是乘豪华邮轮，谢灵运再世大概也会如此。有人背负行囊，翻山越岭。有人骑自行车环游天下。这些都令我羡慕。我所优为的，却是驾车长征，去看天涯海角。我的太太比我更爱旅行，所以夫妻两人正好互做旅伴，这一点只怕徐霞客也要艳羡。不过徐霞客是大旅行家、大探险家，我们，只是浅游而已。

最后还剩一条命，用来从从容容地过日子，看花开花谢，人往人来，并不特别要追求什么，也不被“截止日期”所追迫。

一九八五年七月七日

生活

◎ 汪国真

什么事都可能遇到，这就是生活；什么样的境遇都不能将你打垮，这就是强者。

如果你不想死，你就得生活。乐观、潇洒、向上是一种活法，悲观、无聊、沮丧也是一种活法。既然我们无法躲避生活，为什么不好好选择一下呢？

杰出的人物，对待生活的态度不一定都是杰出的。在对待生活的态度上，我欣赏出身贫寒，后来成为企业家的美国钢铁大王卡耐基：少年勤奋，长成坚毅，晚年安详。

活着没劲儿。可是人人都觉得带劲儿的生活，有吗？正是因为生活的艰辛和严峻，人才有了达观和悲观之分，坚强和软弱之分，清醒和迷惘之分，卓绝和短视之分。生活并非处处公正而又合理，处处公正而又合理的是梦，不是生活。

生活如此，我们总是抱怨又有什么用？走在崎岖不平的路上被绊倒了，站起来接着走就是了，难道非得要往地上吐两口唾沫，甚或再打踹大地两脚？

生活将许多不切实际的幻想打得粉碎，当你不再那么富于幻想的时候，你便失去很多可爱的纯真，但你却会得到宝贵的成熟。

人都愿意过好日子，这没有错。不过，人一旦太贪婪，便注定没有好日子过。

有一则与达·芬奇有关的逸事：一九一一年，他的名画《蒙娜丽莎》在巴黎罗浮宫被盗，原来挂画的地方变成了一片空墙，让人难以置信的是，两年之中来看那片空墙的人居然比过去几年来欣赏作品的人还多一倍。

这是生活的幽默。

关于生活，我想：眼泪里泡过的微笑更晶莹，惆怅里沉淀的歌声更动听，寂寞里凫出的孤独更昂扬，迷惘中走出的灵魂更清醒。

中年

◎ 周作人

虽然四川开县有二百五十岁的胡老人，普通还只是说人生百年。其实这也还是最大的整数，若是人民平均有四五十岁的寿，那已经可以登入祥瑞志，说什么寿星见了。我们乡间称三十六岁为本寿，这时候死了，虽不能说寿考，也就不是夭折。这种说法我觉得颇有意思。日本兼好法师曾说：“即使长命，在四十以内死了最为得体。”虽然未免性急一点，却也有几分道理。

孔子曰：“四十而不惑。”吾友某君则云，人到了四十岁便可以枪毙。两样相反的话，实在原是盾的两面。合而言之，若曰，四十可以不惑，但也可以不不惑，那么，那时就是枪毙了也不足惜云尔。平常中年以后的人大抵糊涂荒谬的多，正如兼好法师所说，过了这个年纪，便将忘记自己的老丑。想在人群中胡混，执着人生，私欲益深，人情物理都不复了解，“至可叹息”是也。不过因为怕献老丑，便想得体地死掉，那也似乎可以不必。为什么呢？假如能够知道这些事情，就很有不惑的希望，让他多活几年也不碍事。所以在原则上我虽赞成兼好法师的话，但觉得实际上还可稍加斟酌，这倒未必全是为自己道地，想大家都可见谅的吧。

我绝不敢相信自己是不惑，虽然岁月是过了不惑之年好久了。但是我总想努力不至于不不惑，不要人情物理都不了解。本来人生是一贯的，其中却分几个段落，如童年，少年，中年，老年，各有意义，都不容空过。譬如少年时代是浪漫的，中年是理智的时代，到了老年差不多可以说是待死堂的生活吧。然而中国凡事是颠倒错乱的，往往少年老成，摆出道学家超人志士的模样，中年以来重新来秋冬行春令，大讲其恋爱，等等，这样地跟着青年跑，或者可以免于落伍之讥，实在犹如将昼作夜，“拽直照原”，只落得不见日光而见月亮，未始没有好些危险。我想最好还是顺其自然，六十过后虽不必急做寿衣，唯一只脚确已踏在坟里，亦毋庸再去讲斯坦那赫博士结扎生殖腺了，至于恋爱则在中年以前应该毕业，以后便可应用经验与理性去观察人情与物理，即便在市街战斗或示威运动的队伍里少了一个人，实在也有益无损，因为后起的青年自然会去补充（这是说假如少年不是都老成化了，不在那里做各种八股），而别一队伍里也就多了一个人，有如退伍兵去研究动物学，反正于参谋本部的作战计划并无什么妨害的。

话虽如此，在这个当儿要使它不发生乱调，实在是不大容易的事。世间称四十左右曰危险时期，对于名利，特别是色，时常露出好些丑态，这是人类的弱点，原也有可以容忍的地方。但是可容忍与可佩服是绝不相同的事情，尤其是无惭愧地，得意似的那样做，还仿佛是我们的模范似的那样做，那么容忍也还是我们从数十年的世故中来最大的应许，若鼓吹护持似乎可以无须了吧。我们少年时浪漫地崇拜好许多英雄，到了中年再一回顾，那些旧日的英雄，无论是道学家或超人志士，此时也都是老年中年了，差不多尽数地不是显出泥脸便即露出羊脚，给我们一个不客气的幻灭。这有什么办法呢？自然太太的计划谁也难违拗它。风水与流年也好，遗传与环境也好，总之是说明这个的可怕。这样说来，得体地活着这件事或者比得体地死要难得多，假如我们过了四十却还能平凡地生活，虽不见得怎么得体，也不至于怎样出丑，这实在要算是侥天之幸，不能不知所感谢了。

人是动物，这一句老实话，自人类发生以至地球毁灭，永久是实实在在的，但在我们人类则须经过相当年龄才能明白承认。所谓动物，可以含有科学家一视同仁的“生物”与儒教徒骂人的“禽兽”这两种意思，所以对于这一句话人们也可以有两样态度：其一，以为既同禽兽，便异圣贤，因感不满，以至悲观。其二，呼铲曰铲，本无不当，听之可也。我可以说就是这样地想，但是附加一点，有时要去纵核名实言行，加以批评。本来棘皮动物不会肤如凝脂，怒毛上指栋的猫不打着呼噜，原是一定的理，毋庸怎么考核，无如人这动物是会说话的，可以自称什么家或主唱某主义等，这都是别的众生所没有的。我们如有闲一点儿，免不得要注意及此。譬如普通男女私情我们可以不管，但如见一个社会栋梁高谈女权或社会改革，却照例纳妾等，那有如无产首领浸在高贵的温泉里命令大众冲锋，未免可笑，觉得这动物有点变质了。我想文明社会上道德的管束应该很宽，但应该要求诚实，言行不一致是一种大欺诈，大家应该留心不要上当。我想，我们与其伪善还不如真恶，真恶还是要负责任，冒危险。

我这些意思恐怕都很有老朽的气味，这也是没有法的事情。年纪一年年地增多，有如走路一站站地过去，所见既多，对于从前的意见自然多少要加以修改。这是得呢失呢，我不能说，不过，走着路专为贪看人物风景，不复去访求奇遇，所以或者比较地看得平静仔细一点也未可知。然而这又怎么能够自信呢？

一九二〇年三月

雨日

◎ 缪崇群

朋友来信说了许多别后的事，末尾加了一句：“你那里的天，是不是蓝的？”

要不是朋友这一问，我倒忘记了我为什么来到这么一个地方了：我有一双黑色的大眼睛，我憧憬看蓝色的天，我来到了这里。

我不曾告诉过关心我的友人吗？我早就应该用几个字报道：

“这里的天，是蓝的。”

蓝色的天，盖着我，我的梦，也是蓝色的。如果再沉静地，再单纯地补充一句话，我将说：

“在蓝天底下梦着我的梦，梦不思蜀了。”

然而，偏偏只有今天，我仿佛醒觉过来；身上多加了一件旧外套，依然有些寒意，伫立在窗下，想默默地寻回了那蓝色的天，和蓝色的梦。

一个孩子从花区中跑过去了

一个孩子又跟着奔向前去

一个挟着他的布鞋，光着脚

一个把他的童子军领巾拆散了披在头上

在一张伞盖底下，又看见两个肩抱着肩的孩子，低着头，慢慢地走着，像是数着他们的步子，像是谈着什么衷心话——隔着窗子，隔着雨声，我不能听见。

他们的步子踏着了我的心。谁望着水汪汪的地面上，一个小钉，一个小钉，钉着点点的愁恼呢？

我想抓回来那几个奔跑和行过的孩子们对他们恳诉：

不再可以了吗？把你们的力，分一点给我吧！我的血，并没有停滞，我还希望它们仍旧地激流起来！

蓝色的梦，第一次被雨穿透了。

我知道我的故乡是遥远的；落着雨的故乡是不会映在眼前的。

我知道心灵的故乡，还在更遥远的，更遥远的地方……

唯有那里才有永恒的蓝色的天。

种种可爱

◎ 张晓风

作为一个小市民有种种令人生气的事——但幸亏还有种种可爱，让人忍不住地高兴。

中华路有一家卖蜜豆冰的——蜜豆冰原来是属于台中的东西（木瓜牛奶也是），但不知什么时候台北也有了——门前有一副对联，对联的字写得普普通通，内容更谈不上工整，却是情婉意贴，令人动容。

上句是：我们是来自淳朴的小乡村。

下句是：要做大台北无名的耕耘者。

店名就叫“无名蜜豆冰”。

台北的可爱就在各行各业间平起平坐的大气象。

永康街有一家卖面的，门面比摊子大，比店小，常在门口换广告词，冬天是“100℃的牛肉面”。

春天换上“每天一碗牛肉面，力拔山河气盖世”。

这比“日进斗金”好多了，我每看一次简直就对白话文学多生出一份信心。

有一天在剧场里遇见孟瑶，请她去喝豆浆，同车去的还有俞大纲和陈之藩夫人，他们都是戏剧家，很高兴地纵论地方剧。忽然，那驾驶员说：

“川剧和湖北戏也都是有帮腔的呀！”

我肃然起敬，不是为他所讲的话，而是为他说话的架势，那种与一代学者比肩谈话也不失其自信的本色。

台北的人都知道自己有讲话的份，插嘴的份。

好几年前，我想找一个洗衣兼打扫的半工。介绍人找了一位洗衣妇来。

“反正你洗完了我家也是去洗别人家的，何不洗完了就替我打扫一下，我会多算钱的。”

她小声地咕哝了一阵，介绍人郑重宣布：

“她说她不扫地，因为她的兴趣只在洗衣服。”

我起先几乎大笑，但接着不由一凛：原来洗衣服也可以是一个人认真的“兴趣”。

原来即使是在“洗衣”和“扫地”之间，人也要有一本正经的抉择，有抉择才有自主的尊严。

带一位香港的朋友坐计程车去找一个地方，那条路特别不好找，计程车司机找过了头，然后又折回来。

下车的时候，他坚持要留下多绕了冤枉路的钱。

“是我看错才走错的，怎么能收你们的钱？”

后来死推活拉，总算用折中的办法，把争执的差额付了。香港的朋友简直看得愣住了，我觉得大有面子。

祝福那位司机！

我家附近有一个卖水果的，本来卖许多水果，后来改了，只卖木瓜。见我走过，总要说一句：

“老师，我现在卖木瓜了——木瓜专科。”

又过了一阵，他改口说：

“老师，现在更进步了，是木瓜大学了。”

我喜欢他那骄矜自喜的神色，喜欢他四个肤色润泽、活蹦乱跳的孩子——大概都是木瓜大学作育有功吧？

隔巷有位老太太，祭祀很虔诚，逢年过节总要上供。有一天，我经过她设在门口的供桌，大吃一惊，原来上供的主菜竟是洋芋沙拉，居然还有罐头。

后来想倒也发觉她的可爱，活人既然可以吃沙拉和罐头，让祖宗或神仙换换口味有何不可？

她的没有章法的供菜倒是有文化交流的意义。

从前，在中华路和平交道口，总是有个北方人在那里卖大饼。我从来没有见过那种大饼整个一块到底有多大，但从边缘的弧度看来直径总超过二尺。

我并不太买那种饼，但每过几个月我总不放心地要去看一眼，我怕吃那种饼的人愈来愈少，卖饼的人会改行。我这人就是“不放心”（和平路拓宽时，我很着急，生怕师大当局一时兴起，把门口那串黄花的铁刀木砍掉，后来一探还在，高兴得要命）。

那种硬硬厚厚的大饼对我而言差不多是有生命的，北方黄土高原上的生命，我不忍看它在中华路慢慢绝种。

后来不知怎么搞的，忽然满街都在卖那种大饼，我安心了，真可爱，真好，有一种东西暂时不会绝种了！

华西街是一条好玩的街，儿子对毒蛇发生强烈兴趣的那一阵子我们常去。我们站在毒蛇店门口，一家一家地去看那些百步蛇、眼镜蛇、雨伞蛇……

“那条蛇毒不毒？”我指着一条又粗又大的问店员。

“不被咬到就不毒！”

没料到是这样一句回话，我为之暗自感叹不已。其实，世事皆可作如是观。有浪，但船没沉，何妨视作无浪；有陷阱，但人未失足，何妨视作坦途。

我常常想起那家蛇店。

有一天，在一家公司的墙上看到这样一张小纸条：

“请随手关灯，节约能源，支援十大建设。”

看了以后，一下子觉得十大建设好近好近，好像就是家里的事，让人觉得就像自家厨房里添抽风机，或浴室里要添热水炉，或饭厅里要添冰箱的那份热闹亲切的喜气——有喜气就可以省着过日子，省得扎实有希望。

为了整修“我们咖啡屋”，我到八斗子渔港去买渔网。渔网是棉纱的，用山上采来的一种植物染成赭红色，现在一般都用尼龙的了，那种我想要的老式的棉纱渔网已成古董。

终于找到了一家有老渔网的，他们也是因为舍不得，所以许多年来一直没丢，谈了半天，他们决定了价钱：

“二角三！”

二角三就是二千三百元新台币的意思，我只听见城里市面上的生意人把一万说成一块，没想到在偏僻的八斗子也是这样说的，大家说到钱的时候，全都不当回事，总之大家都有钱了，把一万元说成一块钱，颇有那种偷偷地志得意满而又谦逊不露的劲头。

有一阵子，我的公交月票掉了，还没有补办好再买的手续以前，我只好每次买票——但是因为平时没养成那份习惯，每看见车来，很自然地跳上去了，等发现自己没有月票，已经人在车上了。

这种时候，车掌（乘务员）多半要我就便在车上跟其他乘客买票——我买了，但等我付钱时那些卖主竟然都说：“算了，不要钱了。”一次犹可，连着几次都是这样，使我着急起来，那么多好人，令人“无所逃于天地之间”，长此以往，我岂不成了“免费乘车良策”的发明人了？老是遇见好人也真是让人非常吃不消的事。

我始终没去补办月票，丢失的月票却幸运地被捡到的人辗转寄回来了，我可以高高兴兴地不再受惠于人了——不过偶然想起随便在车上都遇见那么多肯施惠于人的好人，可见好人倒也不少，台北究竟还是个适合人住的地方。

我常常想起那家蛇店。

在一家最大规模的公立医院里，看到一个牌子，忍不住笑了起来，那牌子上这样写着：“禁止停车，违者放气。”

我说不出的喜欢它！

老派的公家机关，总不免摆一下衙门脸，尽量在口气上过官瘾，碰到这种情形，不免要说“违者送警”或“违者法办”。

美国人比较干脆：只简单两个大字“No Parking”——“勿停”。

但口气一简单就不免显得太硬。

还是“违者放气”好，不凶霸不懦弱，一点不涉于官方口吻，而且憨直可爱，简直有点孩子气的作风——而且想来这办法绝对有效。

有个朋友姓李，不晓得走路的习惯是偏于内八字或外八字——总之，他的鞋跟老是磨得内外侧不一样厚。

他偶然找到一个鞋匠，请他换鞋跟，很奇怪地，那鞋匠注视了一下，居然说："不用换了，只要把左右互调一下就是了，反正你的两块鞋跟都还有一半是好用的！"

朋友大吃一惊，好心劝告他这样处处替顾客打算，哪里有钱赚，他却也理直气壮：

"该赚的才赚，不该赚的就不赚——这块鞋底明明还能用。"

朋友刮目相看，然后试探性地问他：

"为国家做了一辈子事，退了役还得补鞋，政府真对不起你。"

"什么？人人要这样一想还得了，其实只有我们对不起政府，政府哪有什么对不起我们的。"

朋友感动不已，嗫嗫嚅嚅地表示要送他一套旧西装（他真的怕会侮辱他），他倒也坦然接受了。

不知为什么，朋友说这个故事给我听的时候，我也不觉得陌生，而且真切得有如今天早晨我才看到那老鞋匠似的。

有一次在急诊室看医生急救病人，病人已经昏迷了，氧气罩也没用了，医生狠劲地用一个类似皮球的东西往里面压缩氧气。

至少是呼吸系统有毛病。

两个医生轮流压，像打仗似的。

渐渐地，他清醒了，但仍说不出话来，医生只好不断发问，让他点头摇头，大概问了十几个问题，才碰得上一个点头的答案。

他是在路上发病的，一个亲人也没有，送他来的是一个不相干的人。

后来发现他还可以写字——虽然他的眼睛一直是闭着的。

医生问他的病历，问他是不是服过某些成药，问他现在的感觉，忽然，那医生惊喜地叫了一声：

“写下去，写下去，再写！你写得真好——哎，你的字好漂亮。”

整个急救的过程，我都一面看一面佩服，但是当医生用欢呼的声音去赞美那个病人不成笔画的字的时候，我却为之感动得哽咽起来。

病人果真一路写下去。

也许那个病人想起了什么，虽然闭着眼睛，躺在床上仰面而写，手是从生死边缘被救回来的颤抖不已的手——但还有人在赞美他的字！也许是颜体，也许是柳体，也许什么都不是，只是一个活着的人写的字，可贵的是此刻他的字是“被赞美的字”。

那医生救人的技能来自课本，但他赞美病人的字迹却来自智慧和爱心，后者足以使整个急救室像殿堂一样神圣肃穆起来。

有一位父执辈，颇有算八字的癖好，谁家有了刚生的孩子，他总要抢来时辰，免费服务一番——那是他难得的实习机会。

算久了，他倒有一个发现，现代孩子的命普遍比老一辈好，他又去找同道证实，得到的结论也都一样，他于是很高兴，说：

“世道一定是好的了，要不是世道好，哪有那么多命好的孩子？”

我自己完全不知道八字是怎么一回事，但听到他的话仍不免欢欣雀跃，甚至肃然起敬——为那些一面在排着神秘的八字，一面又不忘忧心世事的人。

在澄清湖的小山上爬着，爬到顶，有点疑惑不知该走哪一条路回去，问道于路旁的一个老兵。

那人简直不会说话得出奇，他说：

“看到路——就走，看到路——就走，再看到路——再走，就到了。”

我心里摇头不已，怎么碰到这么呆的指路人！

赌气回头自己走，倒发现那人说得也没错，的确是“看到路——就走”，渐渐地，也能咀嚼出一点那人言语中的诗意来，天下事无非如此，“看到路——就走”，哪有什么一定的金科玉律，一部二十史岂不是有路就走，没有路就开路，原来万物的事理可以如此简单明了——简单明了得有如呆人的一句呆话。

西谚说，把幸运的人丢到河里，他都能口衔宝物而归。我大概也是幸运的人，生活在这座城里，虽也有种种倒霉事，但奇怪的是，我记得住并且在心中把玩不已的全是这些可爱的片段！这些从生活的渊泽里捞起来的种种不尽的可爱。

图书在版编目（CIP）数据

我喜欢简单的生活 / 林清玄等著 . — 南京：江苏
凤凰文艺出版社，2020.8
ISBN 978-7-5594-4888-0

Ⅰ . ①我… Ⅱ . ①林… Ⅲ . ①散文集 – 中国 – 当代
Ⅳ . ① I267

中国版本图书馆 CIP 数据核字（2020）第 080328 号

我喜欢简单的生活

林清玄　等著

出 版 人	张在健
责任编辑	张　倩
特约编辑	罗　元　刘　雷
装帧设计	几何设计
出版发行	江苏凤凰文艺出版社
	南京市中央路 165 号，邮编：210009
网　　址	http://www.jswenyi.com
印　　刷	河北鹏润印刷有限公司
开　　本	840 毫米 ×1194 毫米 1/32
印　　张	10
字　　数	185 千字
版　　次	2020 年 8 月第 1 版
印　　次	2020 年 8 月第 1 次印刷
书　　号	ISBN 978-7-5594-4888-0
定　　价	56.00 元

江苏凤凰文艺版图书凡印刷、装订错误，可向出版社调换，联系电话 025-83280257